IL Y AVAIT DU POISON DANS L'AIR

LA BIBLIOTHÈQUE ARABE
Les littératures contemporaines

DU MÊME AUTEUR

ÉQUINOXE D'AUTOMNE, AMAM-Presses du Mirail, 2000.
ROSE FOUNTAIN MOTEL, Actes Sud, 2009.
PLUIE DE JUIN, Actes Sud, 2010.
SAINT GEORGES REGARDAIT AILLEURS, Actes Sud/Sindbad/L'Orient des livres, 2013 (prix de la Littérature arabe).
LE QUARTIER AMÉRICAIN, Actes Sud/Sindbad/L'Orient des livres, 2015.
LE MANUSCRIT DE BEYROUTH, Actes Sud/Sindbad/L'Orient des livres, 2017.
LE ROI DES INDES, Actes Sud/Sindbad/L'Orient des livres, 2021.

Sindbad
est dirigé par Farouk Mardam-Bey

Titre original :
Summ fi al-hawâ
Éditeur original :
Dar Al-Saqi, Beyrouth

ISBN 978-2-330-18613-5

JABBOUR DOUAIHY

Il y avait du poison dans l'air

roman traduit de l'arabe (Liban)
par Stéphanie Dujols

Sindbad
ACTES SUD

Ma faim qui d'aucuns fruits ici ne se régale
Trouve en leur docte manque une saveur égale.

STÉPHANE MALLARMÉ

L'EXODE

La femme est alanguie dans un canapé en rotin à accoudoirs qui est longtemps resté chez nous. Elle porte une robe à pois sans manches découvrant la blancheur de ses bras. La tête inclinée, elle a les cheveux noirs et ondulés. Au-dessus d'elle sur le mur, une photographie du général de Gaulle en train de prononcer un discours derrière un gros micro face à une assemblée de militaires. À gauche de la femme, un garçon aux cheveux humides est assis sur un haut tabouret, vêtu d'une culotte courte qui n'est sans doute plus de son âge ; ses pieds ne touchent pas le sol. Entre les deux, par terre, un chien dort, roulé en boule. De loin, tout semble suspendu, paisible, comme sur ces images de saints entourés d'animaux domestiques dans un jardin luxuriant, images dont on ne sait qui les a peintes – des camelots syriens les vendaient à la criée dans nos ruelles, le dos chargé de grandes hottes pleines de serviettes et de sous-vêtements. Mais en se rapprochant de cette photographie accrochée par un fil de chanvre, on s'aperçoit que le regard de la femme est empreint d'un étrange effroi, comme si, à plus de quarante-cinq ans, elle venait de comprendre l'atrocité du sort humain. Une angoisse différente se lit clairement sur le visage du garçon. Même le chef des Forces françaises libres semble irrité. Seul le chien savoure le calme qui suit le déjeuner à la saison chaude.

Cet adolescent, c'est moi, et la femme, c'est ma tante. Quant au chien, Fox, c'était celui de notre voisin chasseur. Le photographe avait relevé les épaules tombantes de ma tante et lui avait redressé la tête avant de m'interpeller en me taquinant, mais je n'avais pas réagi : je n'avais pas souri. Il passait de maison en maison, comme le marchand de *malban** ou le décapeur de cuivres. Se plantant à la porte sans rien dire, sans même saluer, il braquait son flash sur nos visages et attendait qu'on l'invite à entrer. Il avait rapporté la photo deux jours après. On lui avait fait faire un cadre en bois et on l'avait fixée au mur, à l'endroit même où elle avait été prise, au-dessus du canapé en rotin, le siège préféré de ma tante.

Ma mère et ma tante restaient à la maison, tandis que mon père allait à son atelier de cordonnerie, qui sentait le cuir et la colle. Je l'y accompagnais les jours de congés scolaires. Il m'interdisait de jouer avec les tranchets acérés. Je le regardais mesurer les pieds, dessiner les modèles, découper, coller. Des hommes venaient le voir de loin, coiffés de keffiehs à cordelette, pour lui commander des bottes qu'ils exhiberaient fièrement lorsqu'ils monteraient à cheval ou s'enrouleraient d'une *abâya*** d'hiver.

Le samedi – le jour où je n'avais pas école –, ma mère descendait faire des courses au marché de Tripoli et je tenais compagnie à ma tante qui, depuis qu'elle était atteinte d'hémiplégie, ne s'exprimait plus correctement. Elle

---

* Confiserie élastique à base de mélasse de raisin, de consistance un peu plus ferme qu'un loukoum. *(Toutes les notes sont de la traductrice.)*
** Longue cape traditionnelle.

bavait sans s'en rendre compte et ne parlait pas, ou alors en bafouillant, sauf quand elle récitait des vers de poésie appris par cœur au temps de ses études. Elle en déclamait au moins un par jour sans se tromper d'une lettre.

Nous n'étions pas seuls, ma tante et moi : été comme hiver, la porte de la maison restait ouverte. En cas d'urgence, comme la fois où le chien avait mordu ma jambe nue et où je m'étais mis à pousser des hurlements, les voisins accouraient à notre secours. Ce jour-là, un énorme bonhomme m'avait flanqué sur son épaule. La tête renversée à la hauteur de son derrière, je l'entendais lâcher un vent à chaque pas. J'avais distrait ma douleur en regardant les passants marcher la tête en bas, jusqu'à ce que nous arrivions à l'infirmerie de l'école, où une sœur coiffée d'une cornette blanche m'avait fait une piqûre de crainte que j'aie contracté la rage. Depuis ce jour, la compagnie des animaux domestiques me rebutait. Quant à Fox, il se contentait de s'approcher de notre porte d'entrée et de pointer le museau à l'intérieur avant de poursuivre son chemin.

Nous vivions dans un quartier populeux où les portes ne se fermaient qu'au moment du coucher. Chaque heure avait ses bruits. La nuit, c'étaient le coassement des grenouilles et les glapissements lointains des renards. Nous étions réveillés par les klaxons des voitures que les conducteurs actionnaient sans raison. Du côté ouest, il y avait ce voisin qui commençait à lamper de l'arak pur au saut du lit. Il crachait sur le plancher, récitait des Notre Père d'une voix forte et tournait dans la maison en cherchant une excuse pour frapper sa femme, qui répondait à ses insultes par d'autres encore plus éloquentes, tout en se cachant le visage entre les mains. Alors, enfilant mes vêtements, je me dépêchais d'aller contempler la scène avant l'arrivée du bus scolaire. Bien que ses joues soient rouges de fureur, il la giflait avec retenue, on ne voyait jamais ni sang ni écorchure. Je craignais que son tarbouche ottoman, qui tressautait à chaque coup, ne tombe de son crâne. Des médiateurs finissaient par intervenir pour faire cesser cette gymnastique matinale. Ma mère disait que sa femme l'aimait. Plus tard, elle le "servirait", quand, devenu sénile, il ne saurait plus qui elle était et l'accuserait de vouloir le voler. Elle lui raserait la barbe, lui mettrait son tarbouche sur la tête, légèrement penché vers la droite, et l'assiérait sur une chaise devant la porte. Puis elle s'éloignerait un peu pour mieux voir, avant de corriger un travers dans sa mise. Elle voudrait qu'il ait l'air d'un homme avec toute sa prestance, tel qu'elle se l'était imaginé et ne l'avait jamais connu. Les passants lui disaient bonjour ; il souriait sans les reconnaître.

Après le chahut du matin, je m'en allais à l'école, où nous n'avions pas le droit de nous parler en arabe, sous peine d'être punis. Nous écrivions aussi bien en arabe qu'en français, apprenions des poèmes par cœur, dessinions le cœur humain en couleur, avec tous ses vaisseaux, ses ventricules, ses oreillettes, tracions de mémoire la carte de la Normandie avec ses villes principales. À la récréation de midi, mes camarades ne supportaient pas de me voir assis à lire dans la cour, alors je lisais dans les toilettes ou à la cantine, tout en prenant mon déjeuner. Une fois, quelqu'un m'avait arraché mon livre – *Un conte de deux villes*, de Dickens – et l'avait jeté si haut qu'il avait fini dans les branches d'un peuplier. Les élèves avaient tenté de le faire tomber à coups de pierres, avant de s'enfuir en voyant arriver notre proviseur colérique. Je m'étais porté candidat, sans le moindre concurrent, pour être "responsable" de la bibliothèque. Je fréquentais quotidiennement cette salle où la lumière entrant par les fenêtres faisait luire le bois des rayonnages – depuis ce temps-là, j'associais les bois précieux aux livres. Un jour, le directeur vint me dire : "Tiens, garde la clé de la bibliothèque ; je sais que personne n'en prendrait meilleur soin que toi."

Mon cœur palpita. Je me mis à emporter des livres à la maison et à en lire des extraits à ma tante, que certains passages faisaient soupirer, comme s'ils lui rappelaient quelque épisode amoureux de sa jeunesse fougueuse. Assis à ses côtés, je sentais l'odeur du produit avec lequel elle se lissait les cheveux, qui me donnait toujours un léger haut-le-cœur. Je lui faisais la lecture le samedi, mon jour de repos. Je choisissais des poèmes comme elle les aimait, ou bien des romans de chevalerie. Ceci à mon retour de la cérémonie d'abattage, qui se tenait de bon matin.

Le jour des chèvres, le boucher s'attelait seul à la besogne ; le jour du bœuf, ils s'y mettaient à deux : lui et son cousin. Dès l'aube, on entendait mugir le bœuf attaché sur le trottoir. Nous étions réveillés par la cloche de l'église et par les meuglements de la bête, dont on dit qu'elle sent ce qui l'attend. Je me hâtais avec l'un de mes camarades : nous ne voulions rien rater. Le boucher nous éloignait sur le trottoir d'en face pour éviter que le sang nous éclabousse. Trancher la gorge du bœuf était simple : un seul coup d'une veine à l'autre. Les deux hommes le calmaient en lui caressant doucement l'encolure pour que ses muscles se détendent, puis, brusquement, ils le surprenaient par-derrière, d'un coup sec, avant qu'il se crispe. Si on l'avait égorgé alors qu'il avait peur, sa viande aurait été dure, les clients auraient eu du mal à la mâcher. Ses yeux restés ouverts regardaient vers nous qui nous tenions de l'autre côté ; nous y percevions une trace de reproche, parce que nous n'avions rien fait pour le sauver. Ils le dépeçaient avec soin, puis fendaient sa carcasse en deux, et ses entrailles se répandaient sur le sol. Je ne détournais pas les yeux du visage impassible des deux bouchers. On aurait dit des tailleurs ou des couseurs de brocart penchés sur leur ouvrage avec leurs vêtements tout barbouillés de sang. On n'en voyait un se renfrogner que si son couteau se coinçait entre deux os. Ils chassaient les chiens et leur lançaient des grossièretés avant de poursuivre l'inventaire des pièces de viande, sur quoi le propriétaire de la bête entamait la criée. C'est alors que son voisin, boucher comme lui à moins de vingt mètres de là, lui donnait la réplique en cassant les prix. Le duel se jouait en vers, tantôt allusifs, tantôt explicites, comme quoi la bête de l'un était "de pays", tandis que la viande de l'autre était importée. Une fois, la joute dégénéra, à tel point que des injures se mirent à pleuvoir et de gros couteaux furent brandis. Nous décampâmes vers la maison. Peu après, on entendit un braillement semblable au mugissement des bœufs. Nous apprîmes que l'énorme boucher, celui que nous regardions faire le matin même, était tombé sous un coup de couteau de son adversaire, coup de couteau qui lui avait fait sortir les tripes. Cette nuit-là, je le vis en rêve : le ventre ouvert, il appelait sa bête égorgée. Il mourut avant d'arriver à l'hôpital.

Je traquais les bouchers en cachette de ma mère parce que j'étais seul en ce monde – mes parents n'avaient pu m'offrir ni frère ni sœur. Tout ce que je pouvais faire causait du tourment à ma mère. Elle craignait que je ne me fatigue les yeux dans la pénombre où je tournais les pages de mes livres. Elle s'inquiétait que je nage nu dans la rivière quand venait le printemps – on m'avait dénoncé –, que je fréquente les "mauvais garçons", disait-elle, c'est-à-dire tous ceux du quartier et des quartiers alentour, que je reste seul dans ma chambre, où des "pensées nuisibles" pouvaient me venir, que je marche pieds nus… Tout ce qui me plaisait l'effrayait. Craignait-elle de me voir épanoui ? Même le fait que je décroche toujours la meilleure note aux contrôles scolaires l'angoissait. Non qu'elle ne veuille mon bonheur et ma réussite : c'était plutôt que quelque chose lui disait qu'il fallait m'empêcher de me dépenser. Certes, j'étais son unique enfant, mais avec le temps, je finis par sentir que ce n'était pas pour cela qu'elle se faisait tant de mauvais sang à mon sujet. Mon intuition était juste : ses frayeurs sans fin cachaient une appréhension d'un autre type, dont les raisons me seraient révélées un jour par pur hasard.

Non loin de chez nous habitait un homme d'une trentaine d'années qui vivait avec sa sœur et travaillait comme professeur de mathématiques. Ayant du mal à se faire écouter de ses élèves, qui passaient leur temps à hurler et à se bagarrer, il prenait souvent la mouche et restait assis derrière son bureau sans rien dire jusqu'à ce que les enfants finissent par se calmer. Et s'ils ne se calmaient pas, il ramassait ses affaires et quittait tout bonnement la classe. Dans un large périmètre autour de notre maison, il était le seul à sortir tous les jours en costume-cravate. Ma mère l'appelait son "cousin", à la fois par affection et parce que, de fait, il était son parent. Elle l'invitait à prendre le café lorsqu'il passait devant chez nous d'une démarche hautaine, comme s'il avançait sur la pointe des pieds. Jamais il n'accepta son invitation. Toutefois, un jour, ayant entendu parler de ma passion pour la lecture, il insista pour que je lui rende visite. Je fus surpris par le nombre de miroirs ornant les murs de sa maison, et par sa sœur qui s'esclaffa dès qu'elle me vit entrer, puis recommença à rire à des moments qui ne prêtaient à aucune effusion. Il me donna un livre sur l'histoire des rois phéniciens de Tyr et nous convînmes de nous revoir afin d'en discuter.

Ce fut notre seule rencontre. Deux jours plus tard, par une de ces nuits humides où le sommeil est poisseux et les corps dégoulinent de sueur, alors que la quinquagénaire qui pleurait gracieusement les morts de notre bourgade luttait contre la chaleur tout en distrayant le voisinage avec des chansons d'amour telles que *Toi qui m'as blessé, si tu savais comme j'ai mal*, des cris stridents s'élevèrent de la maison du parent de ma mère. La chaleur était vraiment étouffante, insoutenable, il fallait que quelque chose explose. S'étant saisi d'un bâton de chêne qui avait dû appartenir à son père, le professeur de mathématiques avait fracassé les miroirs de la maison et brisé tout ce qui pouvait l'être, avant que les voisins ameutés ne lui arrachent son bâton. Le matin, ils l'emmenèrent à l'asile psychiatrique, où l'on dit qu'il conserva son élégance mais se défit de sa vieille habitude de contempler son visage dans le miroir et d'y examiner ses sourcils, une pince à épiler à la main, plusieurs dizaines de fois par jour.

Quant au fin mot de l'histoire, je l'appris donc par hasard. Ce soir-là, le père d'un de mes camarades prenait son dîner sur une table basse. Sa femme disparaissait dans la cuisine pour en revenir avec de l'arak ou du taboulé tout en poursuivant sa conversation avec lui. J'étais dans la chambre, où j'aidais leur fils à faire un devoir de français – on savait dans le quartier que je le parlais couramment. Le père et la mère discutaient de ce qui venait d'arriver au professeur de mathématiques. Ils ignoraient que je les écoutais derrière le mur.

"Toutes les têtes ne sont pas faites pour la science", déclara le mari, et il se mit à citer des personnes qui, à force d'études, avaient eu des troubles du comportement. Untel qui ne s'était jamais marié, tel autre qui ironisait sur le mystère de l'Immaculée Conception, ou encore celui-là qui parlait tout seul à voix haute en gesticulant. "Ça n'a rien à voir avec la science, l'interrompit sa femme. Sa mère est une Sabbâgh !"

Ils débattirent un moment autour de la science et de l'hérédité. Mais la femme sembla gagner la partie lorsqu'elle se mit à citer une liste de gens excentriques, voire mentalement dérangés, tous rattachés aux Sabbâgh par le père ou la mère. Et de conclure en disant : "Et maintenant il y en a un au couvent des Sœurs-de-la-Croix !" – l'asile où l'on avait emmené notre voisin.

Ma mère était une Sabbâgh.

Elle passerait sa vie à errer avec nous d'un endroit à l'autre. De notre première maison, celle où je suis né sur la grand-place du village, je ne me souviens que de bribes : l'odeur du marchand de poisson qui entrait chez nous le vendredi avec ses paniers pleins de rougets ; des crépitements de tirs saccadés ; campé dans l'encadrement de la porte par où s'engouffrait la lumière du jour, mon père disant quelque chose que je ne comprenais pas, ma mère laissant échapper un hoquet de frayeur, et moi pleurant sans savoir pourquoi, au point de presque m'évanouir. Cette maison ne nous "convenait" plus, autrement dit nous n'y étions plus en sécurité, car ce quartier n'était pas le nôtre. Nous déménageâmes nos meubles dans notre deuxième maison en plusieurs fois, et ma tante s'y installa avec nous.

Nous n'allions pas non plus nous éterniser dans le voisinage de ce professeur de mathématiques fasciné par les miroirs car, subitement, l'État décida de raser tout le quartier. Un jour, le chef du gouvernement – un architecte qui ne resterait pas longtemps en poste – vint visiter notre bourgade et insista pour traverser notre quartier à pied avec son escorte. Effaré par la façon dont les maisons et leurs habitants y étaient entassés, il lâcha d'une voix audible : “Comment un homme peut-il dormir avec sa femme dans un endroit pareil ?”

Deux mois plus tard, il promulguait une ordonnance d'expropriation portant sur soixante-dix biens immobiliers en vue de la construction d'un lycée. Afin d'occuper la plus grande surface possible, l'architecte prévit quatre ensembles de seulement deux étages, comprenant chacun huit salles de cours et séparés par des espaces verts et des cours de récréation. Le service des expropriations du ministère des Travaux publics recensa à peu près cent noms de propriétaires et de locataires concernés, autrement dit près de quatre cents habitants sur une zone de moins de deux mille mètres carrés. Les compensations se révélèrent généreuses ; les gens se mirent à démolir eux-mêmes leurs maisons pour toucher l'argent sur-le-champ.

Deux agents de police se présentèrent chez nous avec un arrêté ordonnant l'évacuation de notre maison. Ma mère emporta ses pots de fleurs et son Évangile. Mon père tint à prendre la brillantine anglaise avec laquelle il se lustrait les cheveux et le tourne-disque sur lequel il écoutait essentiellement Abdel Wahab*. Il transporta ses outils de cordonnier dans la nouvelle maison, parce que le trajet jusqu'à son échoppe, dans le quartier d'en face, n'était plus sûr. Mon père était soigné et élégant, il travaillait toujours avec un tablier par-dessus ses vêtements. Il ne gardait pas sur lui de traces de son métier, hormis un peu de noir sur le bout de l'index et du pouce droits – il se frottait les mains au savon plusieurs fois dans la journée. Nous partîmes donc pour une troisième maison, que, cette fois, mon père voulut parmi les "siens", sur son territoire. Je ne trouvai pas les "nôtres" plus tendres à notre égard, mais mon père disait toujours : "Avec eux, on est dans le même bateau."

Pour ma part, j'emportai mes livres et cette photographie avec ma tante, et je glissai dans la poche de ma veste une boussole avec laquelle je cherchais le nord cent fois par jour – un parent me l'avait offerte après avoir pris sa retraite de la marine marchande. À quinze ans, je commençai à avoir de l'acné et à être pris de crises de cafard inexpliquées qui allaient parfois jusqu'à me mettre en larmes, surtout le dimanche ou au moment du coucher du soleil. Je tirais fierté de ce que ces tourments intimes survenaient sans crier gare, comme si j'avais en moi une fiole à chagrin qui se remplissait goutte à goutte, jusqu'au moment où elle finissait par déborder. Je ne ressemblais pas à mes camarades de quartier ou de lycée, chez qui des signes d'abattement n'apparaissaient que lorsque leurs poches étaient vides et qu'ils ne pouvaient aller voir *La Guerre de Troie* au cinéma, ou si une fille

* Grand chanteur, compositeur et luthiste égyptien célèbre dans tout le monde arabe (1902-1991).

qu'ils poursuivaient les éconduisait. Ce genre de trivialités n'était pas dans mon tempérament, car moi, j'étais triste *parce que* j'étais triste. Dans notre nouvelle maison, mon humeur difficile se manifestait au milieu des odeurs de cuir et de colle qui nous entouraient depuis que mon père avait commencé à assembler ses chaussures chez nous. Je profitais de l'absence de mes parents, partis rendre visite à quelque cousin, pour me reclure dans ma chambre. Relevant la couverture par-dessus ma tête, je pouvais lâcher de gros sanglots sans que ma tante m'entende. Ou alors assis sur le balcon, je serrais fort contre mon cœur un oreiller bourré de coton tout en fixant sans ciller les hautes montagnes aux teintes bleutées.

Avant de payer le loyer – plus cher que la moyenne –, mon père était descendu en éclaireur dans le quartier pour vérifier l'emplacement de la maison. D'après lui, elle était bien protégée du côté sud, celui d'où pouvait venir le danger si les choses se gâtaient : il l'avait choisie à l'arrière d'une bâtisse de deux hauts étages de solide pierre de roche qui nous servirait de bouclier. De fait, notre salon se mit à grouiller de voisins que mon père accueillait avec le sourire dès que l'on entendait tirer dans les parages. La première à se réfugier chez nous était une jeune femme corpulente qui déboulait toujours essoufflée en se frappant la poitrine du poing – tout en implorant saint Élie de planter son glaive dans celle de nos ennemis –, avant d'asperger d'eau bénite les têtes des gens qui s'engouffraient dans la maison. Ouvrir notre porte à tous ceux qui le souhaitaient était notre seule façon de prendre part à la défense de nos proches. Mon père ne savait pas bien manier les armes. Quant à moi, je me contentais de fantasmer avant de m'endormir. Je me voyais tenant le premier rôle, tendant des embuscades aux ennemis pour les prendre subitement en tenailles et faire un carnage dans leurs rangs. Tant qu'il s'agissait de mettre au point la tuerie, j'avais l'esprit en ébullition, mais dès que nous prenions l'avantage sur nos ennemis et commencions à les exterminer, mon ardeur s'étiolait. Je me remettais alors à les traquer dans les ruelles obscures et à les surprendre du haut des toits, jusqu'à ce que le sommeil m'emporte.

Les choses ne se dégradèrent pas d'un seul coup. Les armes restèrent cachées dans les larges poches des manteaux et derrière les portes des maisons, bien huilées, prêtes à l'emploi. Il n'y avait pas de morts, mais il y avait du poison dans l'air. Un désir affiché de faire couler le sang. L'étau se resserrait sur moi plus qu'un autre, parce que j'étais un enfant unique et vulnérable. S'il m'arrivait quelque chose, ma mère mourrait de chagrin et mon père ne tarderait pas à nous rejoindre, car la vie ne signifierait plus rien pour lui. Il souscrivait à cette perspective. L'enclume calée entre les jambes, il attrapait une chaussure de la main gauche et maniait son marteau de la droite. Les fines pointes qu'il tenait entre les dents l'empêchaient de parler, alors il hochait la tête pour dire que oui, il nous suivrait dans la tombe. Il ignorait comment, mais il savait que si j'étais tué et que ma mère en mourait, il ne nous survivrait pas. J'avais le sentiment qu'il cherchait à nous complaire. Ma tante infirme resterait seule, il n'y aurait plus personne pour s'occuper d'elle. Ils s'inquiétaient pour moi, mais moi, je n'avais pas peur de ce qui les effrayait, comme si un épais mur de verre se dressait entre moi et le danger. Je le voyais, ce danger, mais il ne m'atteignait pas.

Quelque temps plus tard, j'entendis quelqu'un dire que le trajet du bus scolaire n'était plus sûr. Parant au pire, je me mis à emporter chaque jour dans mon cartable des ouvrages que je soustrayais discrètement aux rayons de la bibliothèque du lycée. Jusqu'au jour où je rendrais la clé au directeur et où nous cesserions une fois pour toutes d'aller en classe pour vaquer à notre guerre civile – guerre civile dont, sur le moment, nous n'avons pas saisi les causes et dont, des années après en être sortis, nous comprendrions qu'elles étaient ridicules. Depuis que mon esprit s'était ouvert à ce conflit, l'équation était simple : ils étaient là-bas, nous étions là, et l'affrontement était inévitable.

Puis par une matinée ensoleillée, après une nuit d'orage, une explosion retentit du côté de notre maison : un obus tombé derrière notre fenêtre dans la quiétude matinale, dont les éclats fracassèrent la précieuse vaisselle de ma mère – les verres et les services à thé qu'elle conservait depuis son mariage – et ébranlèrent la confiance de mon père dans l'emplacement de notre maison. On ignorait d'où avait été tiré l'obus. Les voisins cessèrent de se réfugier derrière nos murs. Néanmoins, ils continuèrent à faire appel à moi pour que je leur rédige des lettres qu'ils envoyaient à leurs proches en exil.

"Qu'est-ce que tu attends d'eux ?" demandais-je à l'auteur de la requête. "Rien, des nouvelles", répondait-il.

J'ornementais la missive de propos fleuris sur l'exil et l'amour "ravageur" de la patrie, et j'y glissais des allusions au chômage et aux privations, de sorte qu'ils recevraient de Sydney ou de Caracas des lettres contenant des dollars qu'ils n'avaient pas demandés. Je m'étendais également sur les tensions qui secouaient le village.

Je m'attendais au pire. De fait, un premier mort finit par tomber. Un jeune de chez nous qui roulait à bicyclette lorsqu'on avait tiré sur lui. Surmontant la douleur, il avait continué à avancer jusqu'au pont et avait chaviré dans la rivière. Cet automne-là, elle était à sec. Sans doute était-ce sa chute qui l'avait tué, car la balle ne l'avait touché qu'au bras. Cet incident mit le feu aux poudres : d'un coup, tout le monde était en alerte. Ma mère partit à ma recherche – j'étais sorti demander où l'on avait étendu le mort pour le recouvrir. J'attendais une telle occasion. Dans mes livres, ils étaient des centaines à avoir rendu l'âme ! Henri IV avait été poignardé, Roméo avait bu le poison. Si j'en avais lu de brèves descriptions, jamais je n'avais vu un mort. Même le jour où mon grand-père paternel était parti dans l'autre monde, quand tous les maîtres et ouvriers cordonniers avaient assisté à ses obsèques, on ne m'avait pas laissé m'approcher de lui.

Je me faufilai jusqu'à l'endroit où deux hommes avaient lavé le corps du cycliste. Ils lui avaient croisé les bras et avaient colmaté le trou qu'il avait à la tête avec un bout de tissu. Je songeai que si je l'écartais, je verrais ce qu'il y avait à l'intérieur de son crâne. Je proposai de le tenir dans mes bras pour qu'ils puissent lui enfiler une chemise blanche repassée – non sans avoir objecté que Dieu nous ayant créés nus, pourquoi fallait-il que nous retournions vers lui dans des vêtements de notre confection… Les hommes s'étaient moqués de moi. J'avais la tête du mort calée contre mon épaule. Lorsque je le remis sur le lit pour qu'on lui enfile un pantalon, il laissa échapper une plainte. Pris de stupeur, je le lâchai et l'un des deux hommes se signa. Nous n'avions pas trouvé de cravate noire. De toute façon, ni moi ni eux n'aurions su comment la lui nouer. Nous nous dépêchâmes de finir avant qu'il se raidisse, puis nous l'allongeâmes sur le lit, et je m'assis pour contempler son visage parfaitement lisse, sans aucune ride, et voir blanchir son teint verdâtre. Ses ongles étaient sales – il travaillait comme mécanicien automobile. Ils lui avaient enlevé sa montre. Restait son alliance : on l'enterrerait avec parce que ses doigts avaient enflé.

Je rentrai à la maison en reniflant mes habits : j'approchai le col de ma chemise de mon nez dans l'espoir d'y sentir l'odeur de la mort. Dès lors, je ne pus tenir ma promesse de ne pas m'exposer au danger. Chaque fois que l'on apprenait qu'il y avait de nouveaux morts, je me hâtais d'aller les observer. Je découvris toutes les nuances de leurs visages livides et remarquai qu'il n'y avait presque pas d'argent dans leurs poches.

Je me détournais de mes propres peines en côtoyant les morts, les blessés, les souffrants. Mon chagrin revenait quand le calme s'installait trop longtemps. Il se passait des jours où le soleil se levait et se couchait sans que l'on n'entende parler de tirs ni de victimes. Alors, à nouveau, je me repliais sur moi-même et je retournais à mes livres. Assis sur le balcon, désespéré, face aux montagnes se découpant derrière les nuages, je récitais à voix haute les vers de Nerval :

Je suis le Ténébreux, – le Veuf, – l'Inconsolé
[...]
Ma seule Étoile est morte, – et mon luth constellé
Porte le Soleil noir de la Mélancolie.

Quand les combats reprenaient, je marchais vers le lieu d'où l'on entendait venir les tirs, alors que les autres s'en éloignaient en courant. Il fallait que rien ne m'échappe. Je voulais être au cœur des événements, me trouver là au moment où quelqu'un tomberait à terre et tenter de le traîner à l'écart pour lui porter secours. Je rentrais à la maison la chemise tachée de sang. Mes parents se précipitaient vers moi, et ma tante se joignait à eux tant bien que mal. Ils m'accusaient de chercher la mort, je leur promettais de cesser. Mais dès le lendemain, j'accourais à nouveau pour panser des blessures et entendre des hurlements de douleur.

Puis vint un calme que personne n'avait cherché – les deux parties avaient encore le pouvoir et le désir de continuer. Une trêve étrange et non déclarée qui entrait dans sa troisième semaine. Le temps s'étirait pesamment, comme si la vie, sans joie ni attente, ne servait plus à rien. Ma mère reprit ses visites à ses amies. Mon père écoutait *Quand vient le soir** tout en plantant des clous dans ses semelles. Quant à moi, je tournais dans notre quartier comme une âme en peine et me rapprochais des limites de celui d'en face pour voir ce qui s'y passait. Je regardais d'en haut le nouveau lycée : avant même d'accueillir ses élèves, il avait été occupé par des déplacés d'autres quartiers, comme nous, qui craignaient pour leur vie. Les fenêtres étaient déjà disloquées et les murs noircis par les poêles qui flambaient.

Le jour, nous tuions le temps, et la nuit, l'insomnie nous prenait. Jusqu'au jour où des obus tombèrent du ciel en plein midi. Ils firent des morts et des blessés, laissant

* Célèbre chanson d'amour mélancolique d'Abdel Wahab.

derrière eux fumée et incendies. Notre maison en réchappa. Mon père n'avait pas songé aux mortiers de 81 millimètres quand il avait loué cette bâtisse au toit de tuiles. Nous comprîmes que l'obus qui avait détruit la cuisine de ma mère était un tir d'essai. Jusque-là, notre inquiétude était horizontale : nous craignions les balles des snipers. À présent, le danger était aussi vertical. De temps en temps nous regardions le ciel sans savoir comment nous en prémunir. La fois suivante, c'est de nuit qu'ils nous bombardèrent. On ne parla pas de victimes, comme si les ténèbres avaient avalé leurs obus. Au matin, mon père s'éclipsa pour se rendre dans un village de montagne dont les habitants, dit-il, étaient très pacifiques. Rentré à la maison, il distribua les ordres pour le départ. "La troisième fois est toujours la bonne", déclara-t-il.

Ce fut notre "sortie d'Égypte", notre exode ultime et définitif de notre lieu d'origine. Nous le précédâmes, ma mère, ma tante et moi – il nous rejoindrait après s'être occupé du déménagement. Nous marchâmes au rythme de la malade en traînant nos valises. Nous traversâmes la rivière sur un bac de bois tout délabré. Lorsque nous reposâmes le pied sur la terre ferme et commençâmes à gravir la colline qui se dressait devant nous, je m'arrêtai pour reprendre mon souffle et contempler notre bourgade. Puis tel un loup des steppes, je poussai vers le ciel un cri venu du fond de mes entrailles, un cri de joie semblable aux youyous des femmes aux noces de leurs amies. J'étais sorti sain et sauf d'un combat où les coups étaient frappés jusqu'à la mort. Revenu au monde, je me sentais pousser des ailes. J'avais mes livres avec moi. Je ne savais rien de ce qui m'attendait, mais j'accueillais mon destin avec enthousiasme. Comme d'habitude, ma mère s'inquiéta de ce brusque changement d'humeur, alors, me serrant contre sa poitrine, elle m'embrassa sur la tête pour me calmer. À ce moment-là, ma tante se souvint d'un vers d'Elia Abu Madi* qu'elle récita avec éloquence, debout à l'ombre d'un peuplier :

Toi qui te plains alors que tu ne souffres de rien
Sois beau, tu verras comme l'existence est belle

Nous marchions en direction de la route pour trouver un taxi qui nous conduise à ce village de montagne. Je sortis ma boussole et la tournai dans ma main sans savoir vers où je voulais qu'elle me guide. Deux Hawker Hunter planaient dans le ciel de notre bourgade en traçant chacun une ligne de fumée blanche dans son sillage. Nous entendîmes une puissante déflagration puis, tournant le dos, nous nous éloignâmes.

---

* Poète libanais (1889-1957) qui s'exila aux États-Unis et devint l'une des figures influentes du courant littéraire d'Al-Mahjar ("de la diaspora"), dont Khalil Gibran était le chef de file.

AMOUR ET ÉCRITURE

Mon père nous avait choisi un endroit tranquille où je crois qu'il avait d'agréables souvenirs féminins. Un village dont les habitants détenaient le secret de la confection d'un vin doux dont ils faisaient commerce, mais qu'ils buvaient rarement. Ceux d'entre eux qui s'étaient expatriés habitaient tous un même quartier de la banlieue de Springfield dans l'Illinois. Ils y avaient leur école, leur église, leurs restaurants. Les villageois disaient que là-bas, par-delà les mers, vivaient plus de leurs compatriotes qu'ici, à mille sept cents mètres d'altitude. Ils se servaient de leurs bêtes pour se rendre sur leurs vignes en pente, avec une préférence pour les mulets. Habiles tailleurs de pierre, ils confectionnaient des mortiers pour piler la viande. Ils se penchaient pour boire longuement à la tête de gazelle d'où coulait l'eau de la fontaine sur la place du village et priaient agenouillés, les mains ouvertes, les deux saints de leur église – des officiers de l'armée romaine que l'on avait décapités après avoir appris leur conversion au christianisme.

J'avais emporté ma réserve de livres. Je ne pensais pas trouver là-haut de camarade ni de voisin qui, au besoin, pourrait me fournir de quoi étancher mon éternelle soif de lecture ; mes prédictions se confirmèrent. Je veillais à ne pas épuiser les ouvrages dont je disposais. Inconsciemment, j'avais toujours été habité par un sentiment de manque : j'avais peur de ne pas trouver de quoi me tenir compagnie dans mes vieux jours. Je ne m'imaginais pas à l'âge de la retraite autrement que seul, ou alors avec une femme mutique qui en voulait à l'existence. Je me voyais derrière une large baie vitrée donnant sur un paysage de printemps, assis dans un fauteuil à bascule en rotin, plus angoissé par le vide et le passage du temps que par l'idée même de la mort. Je n'avais pas vingt ans que je commençai à refermer en plein milieu des livres qui me captivaient, laissant l'autre moitié pour un jour lointain où je craignais de n'avoir rien à lire autour de moi.

Pendant ce temps, des nouvelles arrivaient de notre bourgade, qui persistait dans sa guerre. De nouvelles armes apparaissaient, des morts tombaient. Leurs noms nous parvenaient par le biais de nouveaux compatriotes ayant fui le feu de la vengeance. Un temps, ils nous revenaient en mémoire et ma mère se lamentait un peu sur leur jeunesse perdue, mais leurs visages ne tardaient pas à quitter nos pensées et à s'évanouir. Nous apprîmes que Fox était mort en traversant la ligne de démarcation pour se diriger vers le lycée, comme s'il cherchait à retourner dans son vieux quartier – celui où nous étions voisins. Traquant cette cible mobile pour tester la précision de leurs fusils semi-automatiques, les hommes du camp d'en face avaient accueilli avec une pluie de balles le vieux chien qui se traînait et ne pouvait même plus chasser. Nous apprîmes aussi le décès de notre ancien voisin qui portait le tarbouche ottoman.

“Il est mort de sa belle mort”, commenta mon père, façon de dire qu'il n'était pas tombé sous les balles. Je songeai que sa femme, qu'il rouait de coups, porterait sans doute longtemps le deuil. "Jusqu'à ce qu'elle meure à son tour", fit ma mère.

Sur ces hauteurs, je me réconciliai avec moi-même. Ma mélancolie se dissipa. Je l'avais laissée dans ma bourgade, enfermée dans la malle à vêtements de ma tante, que mon père n'avait su comment transporter vers notre nouveau domicile. Au bout du compte, il dut retourner la chercher parce que ma tante ne cessait de ronchonner et de pleurnicher. C'est qu'elle sortait rarement de chez elle. Elle n'avait pas d'amies, alors elle passait son temps entre ses toilettes et son maquillage. Chaque jour, elle se lavait longuement, enfilait une nouvelle robe et restait plus d'une heure à soigner son élégance. Avant d'être atteinte d'hémiplégie, elle m'appelait pour que je m'asseye à ses côtés pendant qu'elle se fardait les joues de poudre rose et ôtait à l'aide de fins ciseaux les petits poils qu'elle avait dans le nez. Depuis qu'elle était infirme, je comprenais ce qu'elle voulait quand elle s'asseyait devant son miroir, le corps penché vers la droite. Je l'aidais à se redresser, en vain : quelques instants plus tard, son buste s'affaissait à nouveau. Je lui tendais dans l'ordre ses accessoires et ses produits de maquillage. Quand elle avait fini, elle esquissait un sourire mi-figue mi-raisin et se contentait de répondre à la question qui me taraudait : "Si je cessais de le faire, j'en mourrais."

J'appris grâce à ma tante que l'on veille à son élégance pour soi-même, pas pour les autres. En guise de récompense, elle apposait un long baiser sur mon front, comme si elle me disait adieu. Puis, se relevant, elle prenait appui sur moi et nous marchions lentement jusqu'au salon, où, jusqu'à l'heure du déjeuner, elle resterait assise sur ce canapé en rotin, là où l'on nous avait photographiés avec Fox couché à nos pieds.

Ma tante était le pilier de la maison. Ma mère lui vouait des sentiments contradictoires. Autrefois, je les surprenais en train de se dire des messes basses, complices quant aux affaires de ce monde, et surtout aux voisins. Quand elle tomba malade, ma mère se mit à lui rapporter les nouvelles, tandis qu'elle s'efforçait de sourire. Chaque jour, elle la conviait à déjeuner avec respect. Et lorsque ma tante devint incapable de s'occuper d'elle-même, ma mère se mit à la servir et à prendre son parti quand on médisait d'elle. Cependant elle profitait de son absence pour subitement, comme si elle en avait assez de la défendre, la traiter de *garce* – façon édulcorée, chez ma mère, de parler des prostituées. Les deux femmes étaient très différentes. Ma mère était une fille "du peuple" qui avait quitté tôt l'école. Dans sa prime jeunesse, elle avait eu quelques attraits : un mouvement de hanches, une coupe de cheveux. Elle avait épousé un jeune maître artisan qui à l'époque tenait un atelier de cordonnerie hérité de son père. Quatre ouvriers y travaillaient avec lui. On raconte que les parents de ma mère avaient reçu un autre jeune homme de la bourgade et fait courir le bruit que leur fille allait l'épouser. Désemparé, mon père n'avait pu se retenir de l'enlever. Aussitôt après avoir enfanté, elle avait renoncé à toute prétention de féminité et d'afféterie. Jusqu'à la fin, elle se consacra entièrement à nous, mon père et moi. Je crois pouvoir dire qu'elle était l'un des derniers modèles d'un genre de femmes disparu.

Quant à ma tante, c'est toute une histoire. Toute jeune, elle avait été élue reine de beauté dans une bourgade de villégiature. Son étoile brilla, les étudiants se bousculèrent pour l'avoir. C'est un homme très riche, mais d'un âge avancé, qui gagna ses faveurs. Il faisait tout pour lui faire plaisir et la couvrait de cadeaux.

"Il n'a couché que deux fois avec moi !"

Elle me parlait comme à un adulte depuis que j'avais quinze ans. Les beaux jours ne durèrent pas : à peine un an plus tard, son mari rendit l'âme. Mais elle hérita d'une fortune. Son trousseau était comme neuf. Des robes jamais portées et des souliers jamais essayés qu'elle fourra dans ses valises pour partir au Brésil. Elle y rencontra des gens qui l'invitèrent à des soirées dansantes ; à São Paulo, la revue *Estrela* la surnomma la "Belle du Liban". Elle épousa un éleveur de bovins, veuf et prospère. "Celui-là n'était jamais rassasié."

Elle finit par divorcer, puis se remaria en Colombie à un homme qui ne fut pas long à rejoindre la révolution armée. C'était le seul dont elle disait qu'elle l'avait vraiment aimé, peut-être parce qu'il l'avait quittée pour disparaître. Elle rentra à Beyrouth, avant de repartir pour Le Caire, où elle fit quelques apparitions au cinéma dans de petits rôles et épousa un acteur de théâtre.

"Le pauvre !" disait-elle. Il avait eu une crise cardiaque en jouant le rôle du "Fou de Leila". Il était clair que le seul talent de ma tante résidait dans sa beauté, sa facilité à séduire les hommes et le fait qu'elle ne dédaignait pas de partager leur fortune. Au Caire, elle fit la connaissance d'Asmahan, de Leila Mourad et de Youssef Wahbi, dont la voix l'ensorcelait. Lorsqu'elle avait le cafard, elle se remémorait les hommes qui l'avaient aimée – elle n'aimait pas, *on* l'aimait. Elle les comptait sur ses doigts tout en énumérant leurs prénoms : Khalil, Fernando, Augusto,

Abdel-Fattâh… Elle me suggérait d'écrire son histoire. "Tu n'en trouveras pas de pareille. Tu la publieras et tu te feras un nom grâce à elle. Elle se vendra comme des petits pains, crois-moi !"

La maladie l'immobilisa et la fit taire.

Lorsqu'elle avait déménagé chez nous, j'avais assisté à l'ouverture de ses valises. Ma mère l'avait aidée, tout en lorgnant ses bijoux et sa lingerie d'un œil envieux. Elle nous soutenait avec des billets de banque, de grosses coupures qu'elle sortait d'on ne savait où, une fois par semaine, pour les fourrer dans la main de mon père. Nous étions sa seule famille. Le métier de mon père ne suffisait plus à nous faire vivre : les boutiques de prêt-à-chausser lui avaient "porté un coup". Ma tante avait offert de payer mes frais de scolarité et nos loyers. Elle ne reconnaissait pas d'autre héritier que moi. Son éternel projet, sans cesse ajourné, était de descendre avec moi à la banque pour convertir son compte personnel en un compte joint, à nos deux noms, afin qu'après sa mort il me soit facile de récupérer son argent et que personne ne vienne me le disputer.

Dans notre nouvel exil, où le climat était sec, son état s'améliora. Elle commença à marcher seule de son canapé jusqu'à la table du déjeuner. L'endroit était paisible, le soleil chaud, les arbres donnaient de l'ombre, l'eau était fraîche et les jours sans surprise. Seul un homme aux cheveux blancs et au corps efflanqué venait briser la monotonie de l'existence. Arpentant dès le matin la place de l'église dans tous les sens, il parlait avec la fontaine à voix haute sans se lasser de rappeler ses nobles origines. Puis s'en allant déposer une rose sur la tombe de sa mère, il passait l'après-midi à pleurer là agenouillé.

Quant à moi, mes pensées s'apaisèrent. Je vadrouillais par les chemins, où je sentais l'odeur des chèvres, dévorais les mûres de ronces partout où j'en trouvais, gravais sur les troncs des arbres des noms de poètes maudits morts dans la fleur de l'âge. Un jour, je rédigeai mon testament d'une belle écriture. Je demandais qu'on m'incinère et qu'on disperse mes cendres dans la nature, avec en fond sonore un enregistrement d'un *kyrie eleison*. Je donnais tout ce que je possédais à l'asile psychiatrique qui prenait soin des malades mentaux – les sages de ce monde, comme je les surnommais. Fourrant ma feuille de papier dans le goulot d'une bouteille de Coca-Cola, je la jetai dans l'eau d'une petite source s'écoulant vers le fond de la vallée.

Puis il se passa quelque chose auquel je ne m'attendais pas sur de telles hauteurs, parmi ces tailleurs de pierre et ces modestes cultivateurs de pommiers. La réputation de mon père l'avait suivi au village, où il avait apporté un stock de cuir italien. Cependant son travail s'était réduit. Plus d'atelier spacieux, avec des établis, des étagères, des ouvriers. Juste une enclume, un tablier, des moules en bois et quelques outils qui tenaient dans une seule caisse qu'il emportait partout où il allait. Les hommes du village se faisaient faire de grosses chaussures pour les champs et la neige, et leurs femmes portaient d'épais souliers rustiques. Un jour, une jeune femme se présenta à mon père. Je n'avais pas regardé son visage quand elle était entrée : assis près de mon père, dans la douceur des odeurs familières de son atelier et des gestes de ses mains, j'étais penché sur mon livre. Je vis un pied blanc et délicat s'avancer vers mon père pour qu'il en trace le contour au crayon afin d'en prendre les mesures. À la vue de ses ongles nets enduits de vernis rouge, je compris que cette jeune femme n'était pas du village.

Je me liai d'amitié avec elle après avoir proposé de lui livrer ses chaussures neuves. Les retournant entre mes mains, j'avais soufflé sur le cuir comme mon père et je l'avais fait briller avec soin. Chez elle, je fis la connaissance de sa sœur, qui avait le même âge qu'elle et la même beauté. L'une des deux me demanda comment je trouvais la vie dans cette contrée. Je m'entendis lui répondre avec grandiloquence : "Ce village est comme un bel exil pour les âmes brisées qui, fuyant les fardeaux de l'existence, aspirent à une impossible sérénité."

Les yeux de la jeune femme aux chaussures se mirent à luire. Flairant dans mes paroles un parfum d'intimité, elle m'invita à m'asseoir pour prendre avec elles le café de l'après-midi. La ressemblance entre les deux sœurs était parfaite. Si au début elles nièrent être jumelles, elles ne tardèrent pas à le reconnaître, en justifiant leur hésitation par le fait que leur gémellité amoindrissait leur charme. L'une lâchait ses cheveux sur ses épaules, l'autre avait une coupe à la garçonne. Si une sœur portait une robe, la seconde devait nécessairement porter un pantalon. Certes, celle qui était sortie du ventre de sa mère quelques minutes avant l'autre concédait qu'elle était l'aînée, mais les deux étaient toujours ensemble et rivalisaient de séduction, ce qui leur rendait la tâche ardue, tout comme à leurs amis. Leurs parents leur avaient donné des prénoms ressemblants, de deux syllabes seulement, comme cela commençait à devenir la mode – on aurait dit des noms de chats. Ayant loué une maison de vacances meublée, elles s'ennuyaient. Elles ne trouvaient pas dans le coin de jeunes gens qui puissent assouvir leur perpétuel désir de relations intimes. Elles raillaient les hommes du village qui aimaient cultiver une variété de poire appelée "cervelle de mule", étaient "doués" pour construire des rebords de calcaire blanc et cherchaient une femme pour la chevaucher le soir, tandis qu'elle leur préparerait du boulgour à la tomate le jour et du tartare d'agneau le dimanche.

Les deux sœurs ne se souciaient guère de savoir comment les jeunes hommes dont elles refusaient les propositions indélicates étaient arrivés en ce lieu dont les habitants eux-mêmes disaient : "Il n'y a que les singes pour vivre sur ces hauteurs pelées."

Mais moi, ces choses m'intéressaient. Quand elles commencèrent à rivaliser pour m'avoir, je tentai de les impressionner avec des histoires sur les gens du coin, certaines que j'avais lues, d'autres de mon invention. Ils descendaient de moines et d'ermites des plaines du Levant. Au tournant du premier millénaire, s'étant mis en tête que la fin du monde était proche, ils grimpèrent dans les arbres pour y vivre. Perchés sur des pylônes, ils haranguaient les foules avides de miracles. Puis ils s'installèrent dans le désert, s'attachèrent des chaînes de fer au cou et se nourrirent d'herbes et d'insectes. Enfin ils se réfugièrent dans les montagnes. L'idée de l'Apocalypse continua à les hanter. Jusqu'au jour où ils l'oublièrent et recommencèrent à se soucier de leur subsistance dans cette belle contrée. Je leur dénichai d'autres informations dans un livre d'histoire : les ancêtres de ces paysans avaient été attaqués à la catapulte par les armées du sultan mamelouk Qalawûn et assiégés dans une grotte où ils étaient morts de soif, tout cela pour avoir collaboré avec les croisés. Des générations durant, une malédiction avait poursuivi les traîtres qui avaient révélé à l'ennemi l'emplacement de leur cache.

Elles se lassèrent de mes fables. Elles aspiraient à des choses plus excitantes, ici et maintenant. Deux sœurs vouées à l'intime et au badinage. Je me prêtais à leurs avances et recueillais leurs secrets. Je les écoutais chacune à part, sans savoir choisir entre les deux. Pour finir, c'est la plus audacieuse, et la plus mystérieuse, qui me conquit : celle aux cheveux courts. L'autre se résigna à son sort sans se fâcher, comme si, dans la course aux jeunes hommes, elle était habituée à ce que ce soit sa sœur qui l'emporte. Elle se contenta d'exiger que je lui relate en détail ce que nous faisions quand elle nous laissait la maison ou que nous allions nous promener sans elle dans un petit bois. Allongés à l'ombre des pins, nous échangions des baisers fiévreux, écoutions murmurer un ruisseau ou piauler des chacals. Elle voulait mon récit à moi, pas celui de sa sœur. Je lui racontais le lendemain ce qui s'était passé. Elle m'écoutait en fermant les yeux. Je travestissais un peu la réalité pour masquer mon inexpérience quant aux choses du sexe – il n'était pas faux de dire que j'étais vierge. Dans la bourgade de mon enfance, mes aventures sentimentales s'étaient résumées à l'assaut inopiné de notre grosse voisine – celle qui implorait saint Élie de nous aider à vaincre nos ennemis de la moitié orientale du village. Ce jour-là, elle m'avait coincé contre le réfrigérateur dans la cuisine et, dévoilant sa poitrine, elle s'était jetée sur moi en me couvrant de baisers entrecoupés de soupirs. Seule la voix de ma tante qui cherchait à m'appeler avait pu me libérer d'elle – ma tante qui, ayant entendu notre chahut, croyait qu'un étranger s'était introduit chez nous.

Pour le reste, cela s'était résumé à des regards aguicheurs, comme avec cette jeune fille brune qui me poursuivait de ses yeux verts, et dont la beauté tenait précisément à son teint cuivré et au vert de ses prunelles. On disait qu'elle manifestait son intérêt au tout-venant devant la boutique de tissus et de mercerie de sa mère, où elle travaillait toute la journée. Son image me revenait le soir. L'intégrant à mes lectures, je l'asseyais aux côtés de mes personnages de romans. Un matin, je passai dans sa rue, convaincu que je saurais exercer sur elle mon silencieux pouvoir de séduction. Mais il se trouve qu'avant de l'apercevoir, j'entendis pour la première fois le son de sa voix. Elle criait après sa mère, lui reprochant quelque affaire concernant la boutique. Elle avait une voix masculine, avec un lourd accent, et disait des mots brutaux. Elle s'éraillait comme un homme en colère. Tournant les talons, je revins sur mes pas. Mon rêve venait de s'effondrer. Je la bannis à jamais de mon royaume imaginaire.

Avec les sœurs jumelles, pour la première fois, je tombai d'un seul coup et tout entier dans le chaudron de l'amour. Sans dire un mot, celle qui m'aimait m'enseignait l'art des baisers et des caresses, la lenteur, l'assouvissement des sens. Elle freinait mon ardeur, me guidant sur la carte de son corps vers les endroits où elle trouvait son plaisir. Elle prenait possession de moi, contrôlait mes sentiments, m'embrasant jusqu'à ce que, dans un sursaut, je me jette sur son désir. Alors elle tressaillait en criant de bonheur. Je la faisais taire parce que sa sœur pouvait écouter derrière la porte. J'étais même sûr qu'elle se tenait là à épier par le trou de la serrure et qu'elle se délectait de nous entendre, dans cette maison où, tous les jours que nous passâmes ensemble, je ne vis jamais ni père, ni mère, ni frère. Nous étions si absorbés par ce commerce devenu quotidien que j'en avais oublié de m'enquérir de leur famille.

Après de timides préambules vint le temps des chamailles. C'est elle qui commença en me giflant à brûle-pourpoint un jour où je m'étais approché pour lui donner un baiser – elle voulait toujours mener la barque. J'étais désarçonné. Elle s'enfuit en éclatant de rire. Je la poursuivis et l'acculai dans un coin. Nous nous frappâmes à coups d'oreillers, puis tombâmes à terre en continuant à nous bagarrer. Nous nous disputions le jour et nous réconciliions le soir. Nos querelles devinrent un jeu : après la privation et les atermoiements, les retrouvailles n'en étaient que plus douces. Elle verrouillait la porte de sa chambre de l'intérieur, me demandant de rester dehors une heure entière avant de la rejoindre. J'attendais assis dans le salon. L'ennui me gagnait, ou alors je prenais mon mal en patience. Finalement, je me levais pour partir avant que l'heure soit écoulée. Mais à peine m'avançais-je vers la porte de la maison, que j'entendais s'ouvrir celle de sa chambre. Me rattrapant, elle m'entraînait à nouveau dans son jeu. Elle m'avouait qu'elle m'avait espionné de l'intérieur par le trou de la serrure. Elle s'était amusée à observer mes mimiques nerveuses, la fébrilité avec laquelle je regardais sans cesse ma montre, mes gestes, la direction de mon regard. Elle me tirait par la main pour que nous nous jetions sur le canapé du salon – elle n'aimait pas les lits ni les chambres à coucher, et n'enlevait jamais tous ses vêtements.

À chacun de nos rendez-vous, sa sœur disparaissait comme par magie, soit sur entente préalable, soit sur un signe imperceptible de sa part. La maison devenait notre théâtre. Nous nous contentions de la lumière tiède du couchant qui filtrait par les fenêtres. Dans l'équivoque du clair-obscur, nous jouions des rôles tirés de mes souvenirs de lecture, que j'attribuais à l'un ou à l'autre. La tête ceinte d'un foulard noir à la façon d'un pirate, j'étais Othello, le Maure dégainant son poignard effilé ; elle était Desdémone, la belle amante vénitienne. Je marchais le dos voûté, comme Quasimodo sonnant les cloches de Notre-Dame ; elle dansait à la manière de la gitane Esmeralda. Mais elle finit par se plaindre de ces rôles déprimants, alors je devins Don Quichotte cherchant sa Dulcinée, tandis que, tel un rêve inaccessible, elle s'enroulait dans le rideau blanc et translucide de la cuisine – je lui avais expliqué que Dulcinée n'existait pas, qu'elle n'était qu'une invention de ce chevalier au visage triste. Ensuite je fus un bouffon qui riait sans raison et tirait la langue vers le soleil couchant. Une fois, nous échangeâmes nos costumes. Elle était l'homme dans mon pantalon serré, j'étais la femme dans sa robe ample. Nous jouions avec sérieux ; si l'un de nous avait ri, il n'aurait pas été digne de passer l'épreuve.

Un jour, je vins la retrouver avec un carnet et un stylo et me campai devant elle en déclarant que j'allais me mettre à écrire. Je lui expliquai ainsi mon nouveau rôle : “Je suis le scribe de la princesse, son biographe : je suis ici pour consigner ses actes et ses propos, heure par heure.” C'est là que, m'arrachant mon stylo, elle s'écria : “Ça y est, je sais ! Tu vas m'écrire tous les jours !” Je protestai : je n'étais qu'un simple lecteur, je ne connaissais rien à l'écriture. Elle finit par me convaincre, à sa façon. S'asseyant sur mes genoux, elle m'enlaça, me susurra des choses à l'oreille, me mordit, me griffa, m'embrassa dans le cou…

C'est ainsi que nous parvînmes à un accord définitif : je lui écrirais une lettre chaque jour où je souhaiterais la voir. Une pleine page où je coucherais mon ressenti quant à ce qui se passait entre nous, ou toute autre chose qui me viendrait à l'esprit.

"Laisse-toi aller", dit-elle.

Désormais, lorsque je toquais à la porte, avant de m'ouvrir elle me demandait si j'avais bien apporté une lettre. Je la lui tendais, puis nous nous livrions à nos badinages.

Ce furent mes premiers écrits après mes "rédactions" au temps du lycée, que mes professeurs lisaient avec admiration devant la classe. À la maison, j'endurais les allusions de ma mère, inquiète, comme toujours, de la fièvre qui transparaissait dans mon attitude. Elle me mettait en garde : il ne fallait pas que je fasse ce qu'elle craignait – un acte mystérieux que jamais elle n'explicita pour que je puisse m'en souvenir si je venais à le commettre… En guise d'exemple à ne pas suivre, elle me contait l'histoire de sa sœur cadette, cette tante dont il ne me restait que l'image d'un visage rieur, respirant le bonheur, une femme qui plaisantait avec tout le monde et embrassait tout le monde. Un jour, la terre s'était fendue et l'avait avalée. Elle avait quitté la maison en agitant la main et n'était jamais revenue. Un pan du mystère avait été levé quelques jours plus tard, lorsqu'on avait appris la disparition d'un père de famille que l'on avait vu quelques fois causer avec elle à la dérobée. Ils étaient partis pour l'Afrique, où ils travaillèrent dans le commerce. Ma mère disait que sa famille à lui la regardait de travers, et que sa femme l'insultait à voix haute – et sa famille avec – chaque fois qu'elles se croisaient dans la rue ou chez l'épicier.

J'avais grandi et ma mère ne savait plus comment veiller sur moi, alors elle se résignait à mon sort, tout en priant Dieu qu'il ne soit pas cruel. Je m'asseyais pour écrire à la table sur laquelle travaillait mon père, lui façonnant ses chaussures, moi mes phrases. Des images me traversaient, embrasées par mon désir pour cette jeune femme aux cheveux courts. J'écrivais pour une unique lectrice. J'avais la sensation de puiser à une source de plaisir intarissable. Les mots surgissaient de toutes parts. Le moindre détail se changeait sous ma plume en des phrases enflammées que mon amie lirait le soir dans son lit, avant de les glisser sous l'oreiller et de céder au sommeil. Elle dormait sur mes lettres, disait-elle, ajoutant que mes mots remuaient en elle des sentiments ensommeillés depuis longtemps.

Quarante-deux lettres. J'avais dix-neuf ans lorsque j'avais écrit ces "devoirs" journaliers. J'ignore d'où j'avais pu sortir tout cela, quelle familiarité avec la langue arabe m'avait permis de peaufiner mon expression, quelle imagination m'avait aidé à la fleurir et à en rehausser la saveur. Imagination qui tarirait par la suite à mesure que j'avancerais en âge. Hormis quelques mots ou tournures isolés, j'oublierais tout de ces lettres, comme si je n'en étais pas l'auteur, ou comme si j'avais pris la plume dans un état d'illumination ou de ravissement. D'où m'était venue cette aptitude à composer de telles envolées ? En cet été de pourpre dont chaque jour nous buvions le philtre, écrivais-je, le monde grouillait de fleurs hostiles. Mais qu'était-ce donc, ces fleurs hostiles ? Et cette musique des terrasses nocturnes détournant l'adolescent d'un égoïsme sans fin ? Je me disais : Quel plaisir pouvait trouver mon amie lorsque je lui écrivais : "Les morts regardent autour d'eux, ils ne croient pas à notre émoi. L'idiot de la place du village boit à la fontaine, nostalgique de pays qu'il n'a jamais quittés"...

J'écrivais avec une aisance sans égale. Un flot de mots ininterrompu ruisselait sous mes doigts. Puisant dans le désordre des sentiments et des choses d'un monde sans cohérence où j'étais ballotté par trop de possibilités, j'ouvrais une brèche de sens avec ma plume. Brèche qui ne tarda pas à se refermer. Il y avait dans ces lettres comme une substance lumineuse qui s'éteignit lorsque nous tournâmes la page en descendant à Beyrouth. J'avais vécu un été singulier. Je m'étais jeté dans les bras d'une jeune femme qu'il me semblait avoir inventée à partir de fragments de lectures. Je n'avais pas pu – ou peut-être n'avais-je pas voulu – connaître son vrai visage, et jamais je ne saurais si elle avait réellement existé, l'extrême parcimonie avec laquelle elle m'avait livré des bribes de son histoire ayant contribué à entretenir le séduisant brouillard qui l'enveloppait.

J'avais cru que cet étrange été ne prendrait jamais fin, que jamais je n'oublierais ses sentiments effrénés, que ses fantômes continueraient à planer au-dessus de ma tête, mais voilà qu'il s'acheva sans prévenir. Le rideau tomba brusquement, sans scène finale. Un beau matin, les deux sœurs disparurent du village. Un taxi arriva de Beyrouth et les emporta à la hâte avec leurs affaires. Je me présentai chez elles comme à mon habitude à l'heure du couchant, en vue d'une nouvelle soirée entre jeux de volupté et effusions littéraires. La propriétaire me dit qu'elles lui avaient payé son solde. Avant qu'elles s'en aillent, elle leur avait demandé si elles voulaient qu'elle leur réserve la maison l'été suivant ; l'une des sœurs avait répondu qu'elles ne reviendraient plus.

Je me tenais là tout dépité à réfléchir à ce qui m'arrivait. La femme me consola en disant que j'étais un beau jeune homme, que je n'aurais pas de mal à trouver mieux, et qu'en tout état de cause, leur comportement ne lui avait pas plu.

Je ne fus pas convaincu par ce que disait la propriétaire. Lorsque je me retrouvai seul avec moi-même, je pleurai comme je n'avais jamais pleuré depuis que ma déprime s'était apaisée. Je poussai des hurlements et des plaintes pathétiques jusqu'à me vider le cœur. Au bout d'un moment, je compris que je simulais les pleurs pour que le chagrin me submerge : je voulais ressentir une souffrance à la mesure d'une séparation aussi cruelle. Je me débarrassai en ahanant de tout ce qui pouvait me rappeler sa personne : une photo d'elle en tenue de plage, une statuette de sphinx qu'elle m'avait offerte. En échange, je lui avais donné la boussole que j'avais reçue de mon cousin marin. Quant aux livres, je ne lui avais offert que ceux dont je possédais deux exemplaires. Au demeurant, je crois qu'elle n'aimait pas lire. J'étais jeune, il me serait facile d'oublier. Je m'aidai en cela de quelque chose que j'avais lu à un âge précoce dans un ouvrage dont j'avais oublié jusqu'au titre, et que je compris une semaine après cette brusque disparition : si l'amour était une maladie, celle-ci n'était pas incurable. Au fond, en découvrant l'univers de cette jeune femme, sa sœur, leur maison, ce village accroché à flanc de coteau, je m'étais forgé un récit à mon gré que personne ne pourrait m'enlever. Un temps, il continua à vivre en moi, jusqu'à ce que la rumeur de la ville m'emporte et me le fasse oublier.

La douceur de l'automne cette année-là m'aida à aller de l'avant. Ma tante et moi nous délections de ses dégradés d'ambre le long d'un chemin bordé de pins et de peupliers. J'avais emporté un livre que j'ouvrais d'une main, tout en soutenant ma tante de l'autre. Après ces longues semaines d'éducation sentimentale, j'assouplissais ma voix pour me remettre à lui faire la lecture. Elle tenait sa petite ombrelle blanche à bordure de dentelle – c'était la première fois qu'elle la sortait de sa malle à vêtements, bien que le soleil soit plutôt clément en cette saison. Cheminant à ses côtés avec ma démarche élégante, je nous imaginais dans une aquarelle impressionniste figurant quelque coin de campagne anglaise. Il ne nous manquait que ce vieux château que l'on voyait souvent émerger à l'horizon sur ce genre de tableaux, avec des cavaliers et des chiens de chasse traquant des renards et des biches dans de splendides paysages. De temps en temps, je m'arrêtais pour jeter une pierre dans le feuillage d'un noyer, puis je me noircissais les doigts en décortiquant les noix. J'en faisais goûter à ma tante, à laquelle mon commerce n'avait pas échappé ces derniers mois. Voilà que soudain, après avoir comme toujours gardé un silence hermétique depuis que nous étions sortis de la maison, elle déclamait dans une langue parfaite ce qu'elle estimait être la quintessence de ma rencontre estivale et la synthèse de ses propres aventures :

Jamais aux femmes ne te fie ! Jamais ne crois à leurs serments
Leur corsage est le siège de leur aigreur comme de leur agrément

Puis vinrent les premières pluies. Nous restions enfermés à la maison autour du feu, dont la chaleur endormait ma mère et ma tante. L'endroit devenait ingrat. Las de vivre dans ces tristes bourgades – surtout ma mère, qui avait passé l'été seule, sans amis –, mes parents se résolurent à reprendre la route. Cette fois, ils choisirent de descendre à Beyrouth.

LE FLACON MAGIQUE

Nous nous installâmes au quatrième étage d'un immeuble de style ancien sans ascenseur. À l'entrée, gravé sur la pierre de linteau, on pouvait lire : "Ceci est la propriété de Dieu, le *hajj** Abdel-Rahmân al-Labbân est son mandataire." Notre appartement ne donnait pas sur la rue, mais sur d'autres immeubles qui eux aussi tournaient le dos à la rue du Général-Weygand, parallèle à la nôtre. De ce côté-là, lorsque le vent venait du nord, d'étranges effluves montaient jusqu'à nous. Les cinq appels à la prière nous parvenaient de la mosquée Abou Bakr al-Siddîq. Je n'étais guère concerné par les affaires domestiques, hormis quelques tâches que l'on me confiait de temps à autre et l'attention que j'accordais à ma tante. Elle aurait voulu que je continue à lui lire des passages de mes livres, mais je m'y dérobais : j'étais censé me consacrer à mes études universitaires. Je n'avais pas eu de mal à réussir mon baccalauréat en sciences humaines. J'avais même soufflé des réponses aux candidats assis à côté de moi, malgré mon absence forcée du lycée.

---

* Terme honorifique désignant les personnes ayant accompli le pèlerinage à La Mecque.

Je répondis à l'appel de la ville. Jusque-là, je n'y étais venu qu'une fois avec mes parents. J'avais dix ans. Nous étions descendus de notre lointaine province pour voir un médecin réputé qui, penché sur une revue scientifique, nous apprit que je souffrais d'une *méningite* – il le dit en français. Je n'en fus pas ébranlé. Depuis que j'étais petit, en toute chose je laissais à mes parents le soin de s'inquiéter. Ma mère me serra dans ses bras tandis que je collais mon nez contre la vitre du taxi qui nous ramenait dans notre village, en contemplant les trottoirs, le policier de la circulation, l'aveugle mené par un chien qui vendait des billets de loterie aux carrefours.

Cet appel obscur me faisait me lever chaque matin et m'élancer dehors comme une fusée. Je descendais les escaliers quatre à quatre en finissant de boutonner ma veste et d'avaler le *kaak** que je prenais au petit-déjeuner. Aucun travail ne m'attendait, aucun ami à qui j'aurais donné rendez-vous. Je sortais seul dans les rues pour le simple plaisir d'y marcher ; pour ne pas manquer ce qui pouvait s'y passer si je n'y étais pas. Je rentrais tard, à une heure où mes parents et ma tante dormaient déjà, bien que je croie que ma mère ne fermait les yeux qu'après m'avoir entendu claquer la porte derrière moi. Je la devinais se retournant sur l'épaule droite pour plonger dans un sommeil paisible. Personne ne connaissait mon père dans ce quartier pauvre de Beyrouth. Par besoin, par ennui, et parce qu'il était convaincu qu'un homme n'était pas à sa place à la maison, il entama une tournée des ateliers de cordonnerie. Il ne lui fallut pas longtemps pour

---

* Pain au sésame légèrement brioché que l'on garnit de tranches de légumes, de fromage frais, etc.

convaincre le patron de La Chaussure Rouge, la première fabrique où il se rendit, qu'il était un artisan chevronné. L'homme l'engagea comme superviseur contre un salaire correct. Il commença à travailler tous les jours. Il veillait au choix des cuirs et à la conception des modèles. Il avait des goûts classiques, la chaussure anglaise était son idéal. Il contrôlait les étapes de collage et de clouage. Il fatiguait les ouvriers, mais les aimait. Lui aussi rentrait fatigué et se couchait tôt, parfois avant même que ma mère et ma tante n'aillent au lit.

Ma mère, de son côté, histoire de mettre un peu de vie entre elle et ma tante, s'efforça de recréer une convivialité qui lui rappelait l'ambiance des ruelles de son village. Ainsi, elle se mit à inviter les femmes de l'immeuble à venir prendre le café le matin. La première à répondre à l'appel fut une dame arménienne qui elle aussi devait se sentir exilée. Son mari passait pour un excellent mécanicien automobile. La séance liminaire ne fut guère concluante, entre le silence de ma tante et l'arabe rudimentaire de notre voisine. Par la suite, une Beyrouthine au parler rugueux se joignit à elles. Lorsque je m'attardais à la maison, je n'entendais qu'elle. Fille du quartier, contrairement à ses auditrices, elle monopolisait la conversation. Elle leur apprenait avec moult détails à préparer la vraie *mouloukhiyeh** libanaise ou la *kebbeh arnabiyeh*** aux sept agrumes. L'assemblée fut parachevée par une vieille fille qui tricotait des pulls et des châles

---

* Ragoût de feuilles de corète aux oignons, à l'ail et à la coriandre, agrémenté de poulet effiloché ou de morceaux de viande.

** Boulettes de boulgour et de viande hachée mijotées dans une sauce aux agrumes et à la crème de sésame.

que personne ne mettrait. Chaque fois qu'elle prenait la parole, elle se trompait dans le décompte de ses mailles, alors elle était obligée de recommencer et elle se rabrouait à voix haute : "Ferme ton bec, Moutî'a !"

Sans doute fuyais-je la maison parce que c'était la plus triste dans laquelle nous ayons habité. Je renonçai aussi à mes livres, faute de disposer d'un endroit qui se prête à la lecture. J'avais bien tenté de trouver un coin qui me convienne, ou qui convienne à l'image que je me faisais de moi lisant, mais les pièces étaient sombres et le balcon étroit, je ne pouvais pas y étendre les jambes et j'y voyais les murs blafards et les cordes à linge de l'immeuble d'en face, dont nous étions séparés par un terrain vague jonché de rebuts informes.

Je délaissais donc la lecture comme je délaissais la maison dans la journée – peut-être qu'en marchant dans Beyrouth je déambulais dans une grande fable qui me dispensait des mystères de la fiction. Mes livres restèrent dans leurs caisses, tels que je les avais emportés en quittant ce village de villégiature. J'allais à l'université à pied. Je passais la journée à lire tout ce que l'on pouvait lire dans les rues. Leurs noms, quand ils étaient inscrits sur des plaques dont plus personne ne se souciait, les enseignes des boutiques qui m'éblouissaient avec toutes leurs langues, les avis de décès, les menus affichés avec les prix aux portes des restaurants, les noms des habitants à l'entrée des immeubles, les titres des journaux dans les kiosques et les librairies. J'étais aussi attiré par des choses qui ne se lisaient pas. Les couleurs vives sur certaines façades, les boiseries des fenêtres, les hauts murs avalés par les plantes grimpantes et les fleurs desséchées, cachant de vieilles maisons où des familles anciennes, en voie d'extinction, menaient une vie austère et silencieuse avec des règles d'un autre temps. Les pêcheurs à la ligne restant des heures debout sur les rochers, la tête protégée par un chapeau de paille. Une dame assise à l'arrière d'une voiture conduite par un chauffeur en livrée – difficile de deviner qui elle était et où elle se rendait ainsi à la tombée du soir. Les gens qui sortaient des salles de cinéma dans la lumière du jour après avoir vu un film d'amour indien où les larmes coulaient à flots. Quelques hommes portant un cercueil en marchant d'un pas vif vers le cimetière de Bachoura, comme s'ils étaient en retard à un rendez-vous. Les femmes qui emmenaient leurs enfants à la plage. Dans une rue grouillante de passants, un homme assis seul à un café sur le trottoir, les cheveux hirsutes et les yeux dans le vague, comme s'il regardait au fond de lui.

À la fin de la journée, j'étais épuisé d'avoir inventé des vies à tant de gens dont je ne connaissais que le visage ou le nom, et imaginé un passé et une histoire à tant de lieux obscurs. Je gravissais lentement les escaliers jusqu'au quatrième étage de notre immeuble, puis m'assoupissais en repensant à la journée écoulée et en me préparant à affronter celle du lendemain à l'université.

Je ne fréquentai assidûment les salles de cours que les premiers jours. Lors de son cours inaugural, le professeur de littérature déclara que l'une des caractéristiques des grandes œuvres littéraires était de poursuivre un noble but moral. Je l'interrompis devant mes camarades stupéfaits. Comme il m'accorda la parole, je plaidai pour la gratuité de l'acte créatif, dont la seule fonction était de susciter des émotions. Nous échangeâmes exemples et arguments. Les citations que j'invoquai devaient être convaincantes, à moins que les étudiants aient choisi par principe de se ranger du côté de leur collègue ; toujours est-il que, spontanément, ils m'applaudirent avec ferveur. Je sortis de la salle pour ne jamais y revenir, craignant d'embarrasser ce professeur qui approchait de l'âge de la retraite. Dans la classe de civilisation contemporaine, au bout de quelques jours, je corrigeais les connaissances de l'enseignante sur Fritz Lang et le cinéma expressionniste allemand. À l'exception du cours de philosophie, chaque lundi à midi, où nous naviguions entre le personnalisme et l'existentialisme, avant de revenir à Hegel ou à Descartes, puis à Socrate, tel un récit prodigieux conté par un professeur qui était bel homme – les jeunes femmes se réservaient les places de devant pour l'écouter – et qui improvisait avec brio sans lire la moindre note, à l'exception de ces deux heures passionnantes qui filaient sans qu'on s'en aperçoive, je passais mon temps à la cafétéria. Il y a même des professeurs qui ne me virent qu'à l'oral de fin d'année.

La cafétéria de l'université ressemblait à un aquarium. Assis seul à une table, je m'entraînais à résoudre des mots croisés géants en sirotant des cafés sans sucre l'un à la suite de l'autre, et en allumant cigarette sur cigarette – des brunes françaises très fortes –, au milieu du brouhaha, des chansons du juke-box et des réflexions qui s'échangeaient entre les tables. Des jeunes venus comme moi du Nord ou du Sud se joignirent à moi – leur accent et leur façon de s'habiller les trahissaient. Comme ils ne m'apprirent rien de nouveau, je m'en désintéressai pour me rapprocher de jeunes femmes qui fumaient des joints et croyaient à l'amitié "gratuite" entre les sexes. Je fis également la connaissance d'un jeune homme de la famille Al-Atrach que l'on surnommait le "prince". Il ne s'en offusquait pas et se plaisait même à conter en détail les exploits de ses ancêtres lors de la Grande révolte syrienne dans le djebel Druze*. J'assistais à des débats houleux quant à la façon de réagir à la défaite des armées arabes lors de la guerre des Six Jours. Sur ce sujet-là, le mot de la fin revenait toujours à deux jeunes qui rentraient tout juste de la vallée du Jourdain, où ils avaient pris part à des raids contre l'armée israélienne. Beyrouth redoublait de mystères et de possibles. C'est alors qu'une idée lumineuse surgit dans mon esprit.

Je convainquis mes parents qu'en raison de mon excellence on m'avait offert un voyage d'une semaine pour visiter l'Université américaine du Caire. La nouvelle les réjouit. Avec deux amis de fraîche date, je partis pour Amman, d'où je gagnai la vallée du Jourdain pour rejoindre les fedayin. Le fait est que ma guerre ne dura pas longtemps. Nous n'étions pas plus tôt arrivés que les instructeurs nous confisquèrent nos cartes d'identité, avec une brusquerie inattendue, et nous en remirent d'autres toutes prêtes où étaient inscrits des noms de guerre et des grades militaires ridicules. C'est ainsi que je devins le sous-lieutenant "Abou** Jaafar", né à Naplouse en Palestine. On nous sépara pour nous soumettre à un long interrogatoire sur un ton qui ne donnait pas l'impression que nous étions du même camp que celui qui nous questionnait. L'officier qui tenait ma carte d'identité libanaise sous ses yeux voulait savoir ce que signifiait le mot

* Plus important mouvement de rébellion contre le mandat français, la Grande révolte syrienne (1925-1927) éclata au djebel Druze avant de se propager en Syrie. Elle fut réprimée dans le sang. On estime à près de 10 000 le nombre de victimes syriennes.
** "Le père de ..."

“maronite” figurant sous la mention de la confession. Je lui expliquai que j’étais chrétien. Il hocha longuement la tête, l’air de douter des motivations qui m’avaient amené à m’engager dans la lutte armée. Pour finir, il trouva une solution : il proposa de m’affecter “à l’arrière”, dans l’intendance ou l’administration. Je lui répliquai avec émoi que j’avais toujours regardé la mort en face et qu’elle ne me faisait pas peur. J’avais fermé les paupières des morts, je les avais habillés de chemises propres, j’avais peigné leurs cheveux. J’ajoutai pour le motiver qu’il m’était arrivé de leur dérober leurs bagues et l’argent qui se trouvait dans leurs poches. J’éveillai sa curiosité. Il voulut en savoir plus. Je lui contai par le menu ce qui se passait dans notre bourgade, il me conta à son tour le quotidien du camp de réfugiés de Zarqa, en Jordanie, où il avait passé la majeure partie de sa jeunesse. Ayant perçu dans mon regard une folie appropriée à la mission que je convoitais, il accepta de m’enrôler dans la section des “opérations intérieures”. Je m’entraînai à la hâte aux techniques d’assaut et de combat. J’appris à sauter dans un cercle de feu, à grimper à une corde, à ramper longtemps sous des fils barbelés, à tirer sur des cibles fixes ou mobiles. Puis vint le jour promis.

Nous franchîmes le Jourdain de nuit et prîmes position. Nous étions trois, un Palestinien, un Égyptien et moi, tapis derrière une petite butte en surplomb d’une route militaire de l’ennemi, nous avait-on dit. Nous en distinguions de faibles lumières et entendions aboyer un chien dans le lointain. Dans la froideur des heures précédant l’aube, j’avais une envie féroce de voir surgir des hommes ou un engin ennemis à portée de tir pour que nous vidions notre chargeur sur eux. La kalachnikov que je tenais à la main s'impatientait. Si mes compagnons ne m'avaient pas retenu, j'aurais tiré au hasard dans la nuit noire. Nous mangeâmes des conserves qui devaient être périmées. Au bout d'un moment, je fus pris d'une violente diarrhée. Je me soulageai plusieurs fois à ciel ouvert. Au point du jour, on vit apparaître des pentes vertes et prometteuses. Mais les ennemis ne se montrèrent pas, alors nous rebroussâmes chemin. Un officier responsable des opérations décréta que si j'avais eu la colique, c'était parce que j'avais peur de la confrontation. Je niai cette accusation et demandai à prendre mes compagnons pour témoins, mais il me rendit ma carte d'identité et me congédia après m'avoir remercié pour ma solidarité – il faut dire qu'en ce temps-là, les demandes d'enrôlement excédaient de loin les besoins de la lutte armée palestinienne. Je traînai quelque temps à Amman, puis revins à Beyrouth la queue entre les jambes.

J'avais disparu vingt jours. Ma mère avait craint que j'aie fait comme sa sœur, et ma tante sanglotait sans bruit, certaine qu'elle ne me reverrait plus et que, inconsolable, elle en mourrait. Mais un dimanche à midi, j'ouvris la porte. Levant les bras au ciel, je criai avec dérision les mots de Jules César : *"Veni, vidi, vici !"* Je n'avais rien vu lors de mon escapade, mais j'étais revenu. Je trouvai mon père licencié. On disait qu'il avait encouragé les salariés à se syndiquer. Avec la première grève, les patrons de La Chaussure Rouge avaient soudain découvert qu'ils n'étaient plus à l'abri des mouvements de contestation qui s'amplifiaient dans la capitale. Cherchant à comprendre ce qui avait pu se passer, ils étaient remontés jusqu'à mon père, dont ils avaient choisi de se séparer. J'étais revenu, et je l'avais trouvé plein de rancœur et de détermination. La guerre contre le capitalisme était longue, répétait-il, en concluant par un verset de l'Évangile selon saint Matthieu : "Qui aura persévéré jusqu'à la fin, celui-là sera sauvé."

Dans sa bourgade natale comme auprès de ses amis, mon père s'était toujours affiché comme communiste. Désarçonnant ses interlocuteurs, il leur brandissait à la face les *Morceaux choisis de Karl Marx* traduits en arabe. Il en connaissait plusieurs par cœur, qu'il se plaisait à déclamer lors des débats qui se tenaient dans son atelier de cordonnerie. En effet, avant que les affrontements ne dégénèrent dans le village, des chômeurs venaient s'asseoir autour de lui et de ses ouvriers. Il collait au mur des coupures de journaux et des maximes telles que "La bienfaisance fait taire les langues", ou "Le commerçant est béni, le thésauriseur est maudit", avec au premier plan, en grosses lettres, un autre verset de l'Évangile selon saint Matthieu : "Voyez ces oiseaux dans le ciel, ils ne sèment ni ne moissonnent, ils n'amassent rien dans des greniers, or votre Père qui est aux cieux les nourrit. Ne valez-vous pas bien plus qu'eux ?"

Mon père dissertait sur la force de travail, sur sa transformation en marchandise, sur l'exploitation de l'être humain, sur la lâcheté du capital. Il concluait ses harangues par l'adage de la cité idéale : "De chacun selon ses moyens, à chacun selon ses besoins." Sa conception de la justice se rapprochait de celle de Robin des Bois. Il se disait communiste, mais on ne lui connaissait pas de camarades de parti. C'était un cavalier solitaire. Il n'était pas athée, non. Il semblait avoir fait l'impasse sur ce chapitre de la littérature socialiste. Il observait les préceptes de l'Église et était membre de la confrérie du

Sacré-Cœur. À Noël, il aidait à la construction d'une immense crèche. Je l'avais surpris à plusieurs reprises en train de parler au curé à voix basse, et il marchait dans les cortèges funèbres vêtu de l'habit de la confrérie sans ressentir le moindre embarras.

Le prêt-à-chausser était arrivé tôt dans notre bourgade. Un cordonnier avait trahi ses confrères. On disait qu'il n'était pas très doué comme artisan, alors il avait trouvé plus simple d'acheter et de revendre des chaussures toutes faites. Il ouvrit une boutique pour hommes et pour dames. La tentation était particulièrement forte chez les dames, car les cordonniers du village leur confectionnaient tous le même modèle rudimentaire. Une assemblée se tint chez nous avec plusieurs collègues – on m'interdit d'y assister. Le lendemain soir, des inconnus défonçaient la porte de la nouvelle boutique, brisaient sa vitrine et semaient la pagaille dans les boîtes à chaussures, sans rien emporter. Le matin, mon père fut emmené au poste de police, où il passa la nuit avec ses compagnons. On ne put déterminer quels étaient les auteurs du saccage, mais tous s'engagèrent par écrit à respecter la concurrence – même si mon père persistait à dire qu'elle était déloyale. Mon père dont je ne tardai pas à adhérer aux idéaux derrière un épais brouillard de concepts et de noms de théoriciens partisans de l'abolition de la propriété privée, certains anarchistes, d'autres socialistes dits "scientifiques" – façon de les distinguer des utopistes et des rêveurs.

Je revins à la cafétéria de l'université. J'évitais de parler de mon escapade dans la vallée du Jourdain. Je ne parlais même pas du tout. Je restais assis seul, en fumant toujours avec la même avidité. Je n'arrêtais pas de remettre des pièces dans le juke-box pour que les tubes braillent en continu. L'odeur de la mer montait jusqu'à l'université et, dans les rues de Beyrouth, les couleurs des lauriers-roses et des magnolias épargnés par les constructions annonçaient l'arrivée du printemps.

Une fois, je crus apercevoir de loin mes deux compagnes de l'été. Des sacs à la main, comme si elles faisaient des emplettes, elles marchaient sur le trottoir de la rue Hamra, là où celle-ci entame sa descente vers le parc d'attractions. Je hâtai le pas vers elles, mais elles s'évanouirent à l'angle d'une rue et je renonçai à les rattraper. Je songeai que depuis que nous étions descendus à Beyrouth, je n'avais pas cherché leur adresse, alors que je savais qu'elles habitaient la capitale. Les saisons passaient, et la ville continuait à dissimuler ses mystères. C'est ainsi que, dans ces rues grouillant de vie, les idées noires que je croyais attachées aux spectres et aux chemins bourbeux de mon village natal revinrent me hanter. J'étais sur le point de rouvrir mes caisses de livres, pour me nourrir à nouveau de chimères et de destins tragiques, lorsque, par hasard, je rencontrai un jeune homme en dernière année de licence d'histoire, dont la prestance et l'éloquence me séduisirent.

Autour de nous, il était l'un des rares à ne pas fumer. Souffrant d'asthme depuis l'enfance, il fuyait les lieux enfumés en flânant sur les trottoirs avec ceux qui voulaient bien l'écouter. Me portant volontaire, je m'élançai à sa suite. Il était Aristote ; j'étais son nouveau péripatéticien. Tantôt nous arpentions le front de mer dans un sens puis dans l'autre, tantôt nous plongions dans la foule du souk des menuisiers ou de celui des orfèvres. Lorsque nous arrivions dans la rue des banques, l'ambiance s'électrisait. Haussant la voix comme un tribun, mon ami pourfendait le capital financier, ce vampire sans morale ni patrie. Il attirait l'attention des badauds, tandis qu'il digressait sur la religion, l'école et la famille, qu'il surnommait les organes idéologiques de l'État, parce que l'une comme l'autre reproduisaient les relations de domination de classe en nous apprenant à obéir, à accepter l'injustice telle qu'elle est et à châtier les dissidents et les rebelles, autrement dit lui et moi. Il y avait en lui une colère rageuse. Il disait que la révolution ne pouvait s'abreuver que de sang.

Il appréciait ma compagnie parce que j'étais un bon interlocuteur, disait-il – je ne me revois pourtant que l'écoutant parler. Le fait que mon père soit un salarié qui vivait de son travail le rassurait. S'étant enquis de l'endroit où nous habitions, il avait hoché la tête en disant que c'était un quartier hybride où l'on trouvait à la fois des gens récemment arrivés de la campagne, du nord du pays pour la plupart, et des citadins de la classe ouvrière ou de la "petite bourgeoisie". La ville de Beyrouth, avec les moindres détails de son histoire, occupait son esprit à la manière d'une carte de guerre. Il ne lui manquait que la longue baguette des commandants pour indiquer les zones où éclateraient les batailles escomptées et les parties en présence. Les pauvres affrontaient toujours les riches dans une "guerre à mort".

Il parlait aussi de sa famille, et surtout de sa mère, qui avait élevé ses enfants à la sueur de son front. Elle travaillait comme femme de ménage chez des particuliers, tandis que son "géniteur", comme il disait, les avait délaissés pour s'adonner à ses frasques. "Je suis né de ma mère et du néant", aimait-il dire – c'était sans doute une citation.

Je commençais à avoir l'impression que nous refaisions le monde ensemble quand, à l'issue d'une promenade, il me demanda de l'appeler par son nouveau nom : Léon. Il voulait s'y habituer, parce qu'il allait entrer dans la "lutte clandestine". Sa vie allait changer. On lui fournirait de nouveaux papiers d'identité minutieusement falsifiés. J'étais dépité. Il me fit ses adieux, nous nous serrâmes dans les bras et, comme prévu, il disparut. Mais je ne tardai pas à le voir ressurgir : un mois plus tard, à peu près, je trouvai sa photo placardée sur le tronc d'un ficus à l'entrée de l'université – martyr d'un petit parti inconnu appelé l'"Organisation des trotskistes arabes". C'était semble-t-il leur premier mort, et je pense le dernier.

Mon prédicateur n'était plus. Jamais il ne s'était attardé à décrire le paradis terrestre tant convoité. Tout son effort se concentrait sur la voie pour y parvenir, semée de souffrances et de privations. Désespéré, je continuai à arpenter les mêmes rues et à manger seul dans des gargotes.

Un jour où je montai un escalator dans un nouveau centre commercial, j'aperçus une des sœurs jumelles qui descendait dans l'autre sens. Nos regards se croisèrent. Nous nous hélâmes d'une seule voix et nous prîmes dans les bras, puis allâmes nous asseoir dans un café pour nous raconter ce qui s'était passé dans nos vies depuis qu'elles avaient quitté le village. Je n'étais pas sûr de savoir avec quelle sœur j'étais assis. J'avais beau la dévisager, je n'arrivais pas à déterminer si c'était là ma petite amie à l'imagination fertile et aux jeux ensorceleurs. Craignant de me tromper, je m'en tins à des généralités, le temps qui passait tellement vite, la beauté du village où nous nous étions connus... Au moment de nous dire au revoir, je fis quelques pas avec elle, puis nous nous séparâmes.

Soudain, elle se retourna pour me demander avec un sourire timide : "Tu ne m'as pas reconnue, n'est-ce pas ?" Me voyant hésiter, elle ajouta : "Je suis celle que tu n'aimais pas !"

Nous étions là debout, devant une boutique de parfums de luxe, sans savoir que faire de nos mains ni dans quelle direction regarder. Elle me dit d'une voix si basse que je l'entendis à peine : "Ma sœur est morte, elle a été tuée par son mari."

Je sentis comme une douleur à l'arrière de mon crâne.

Il l'avait espionnée et suivie jusque chez son amant. Elle en avait toujours un. Elle se sentait horriblement seule avec son mari, encore plus que si elle avait vécu seule. Il avait vidé son chargeur sur eux. Son amant aussi était marié.

Je me souvins d'avoir lu un fait divers semblable dans un journal qui désignait les gens par leurs initiales. "Il la surprend et la tue. Deux corps et un inculpé", titrait le journal. L'article précisait que l'assassin s'était rendu à la police sans résistance. Elle s'essuya le coin des yeux avec un mouchoir en papier. Nous sortîmes sur une terrasse qui surplombait la ville. Une question me traversa l'esprit. "Était-elle déjà mariée lorsque je vous ai rencontrées au village ? fis-je en tendant la main vers les montagnes.

— Oui. Son mari travaillait au Koweït. On passait l'été ici à la montagne, où le climat est meilleur. J'ai tenté de me rapprocher de toi pour l'empêcher de s'embarquer dans une nouvelle histoire. Mais que veux-tu, elle plaisait aux hommes. Tu ne dérogeais pas à la règle. Elle avait un charme particulier."

Elle éclata en sanglots. Avant de me faire ses adieux, elle dit qu'elle avait quelque chose à me remettre : une liasse de lettres que sa sœur lui avait confiées de peur qu'elles ne tombent entre les mains de son mari, qui n'arrêtait pas de fouiller dans ses affaires.

"De temps en temps, elle venait chez moi pour les relire. Elle disait que tes lettres lui donnaient la force de continuer et s'en allait ragaillardie."

Nous prîmes rendez-vous. Cette fois, notre entrevue fut plus silencieuse. Elle me remit les lettres. "J'en ai lu certaines quand ma sœur était encore en vie. J'y ai ressenti une forte pulsation, mais je n'ai pas compris grand-chose."

Elle me laissa son numéro de téléphone. Je ne lui posai pas de questions, de peur de regretter d'avoir à entendre ses réponses. Je voulais qu'elle demeure telle que je l'avais connue cet été-là avant de perdre "ma langue". Un été qui était passé en un clin d'œil, comme un éclair dans une nuit douce et familière. Quant aux lettres, je ne les rouvris point ; je les fourrai dans l'une de mes caisses de livres.

Deux semaines plus tard, je rappelai la sœur. Le téléphone sonna, mais je n'attendis pas qu'elle réponde. Une seconde fois, elle décrocha, j'entendis sa voix ; j'hésitai, puis je raccrochai. Pour finir, après avoir joué au chat et à la souris, je m'annonçai. Elle se dit heureuse de m'entendre. Nous convînmes de nous revoir. Elle me dit que le mari de sa sœur allait bénéficier de circonstances atténuantes pour son crime d'honneur, notamment parce qu'il l'avait prise en flagrant délit ; il ne lui restait plus beaucoup de temps à purger.

Entre mots de consolation et souvenirs de cet été au village, nous en vînmes aisément à passer au lit. Mais dès les premiers baisers, une froideur s'abattit sur nous et brisa notre élan : au même instant, nous venions tous deux de voir la sœur disparue, avec ses cheveux courts, étendue entre nous sur le lit. Nous nous relevâmes pour fuir cette image et nous rhabillâmes.

“C’est du réchauffé”, lui dis-je. Nous nous séparâmes sans un mot d’adieu. Je la recroisai un jour par hasard sur la place des Martyrs. Elle marchait devant le cinéma Rivoli. Je m’empressai de me cacher. Peut-être qu’elle aussi m’avait vu et avait passé son chemin.

Quant à mon ami assassiné, pour le venger, je me mis à rayer les belles Jaguar et les belles Mercedes en pleine nuit, ou à leur crever les pneus dans les rues désertes, à l’aide d’un tournevis que je gardais dans la poche de ma veste. Un soir, campé face à la devanture d’une banque, j’en fracassai la vitrine d’un coup de pierre avant de prendre la fuite. Je cherchai à retrouver certains camarades de l’organisation de mon ami, en vain. On me dit qu’ils étaient extrêmement secrets et qu’en tout état de cause, ils se comptaient sur les doigts des deux mains. Je lus *leurs* ouvrages, qui dévoilaient le monde, contrairement à ceux qui m’avaient accompagné jusque-là, qui le recouvraient d’ombres et de légendes. En guise d’entrée en matière, je dévorai *La Révolution permanente* et *Le Prophète désarmé*, ainsi qu’un abrégé du *Capital*, avant de m’intéresser plus en profondeur au matérialisme dialectique et à l’aliénation des travailleurs, dépossédés de leurs intérêts réels. J’adoptai le langage de mon ami disparu, sa façon tranchée d’exposer ses idées, et j’entraînai une jeune femme dans mes errances à travers la ville – j’étais devenu un habile séducteur, il me suffisait de puiser dans ma réserve romanesque et poétique pour leur tourner la tête. Me regardant longuement dans les yeux, ma compagne s’enquérait de mes amis et de la façon dont je voyais les femmes ; je lui répondais en lui parlant des mécanismes économiques mondiaux et des perspectives qu'offrait la ville qui se déployait sous nos yeux. Son enthousiasme s'émoussa et elle cessa de m'accompagner.

Trois ans après être descendu de la montagne, après avoir obtenu ma licence de littérature au moindre effort – je révisais mes cours une semaine avant les examens –, je sentis que j'avais enfin apprivoisé Beyrouth. Ses chimères ne me troublaient plus ; elles s'étaient taries. Plus rien n'avait de secret pour moi. Je pouvais deviner l'identité des gens à leur nom. J'allais même jusqu'à prédire les grands bouleversements qu'allait connaître la ville en m'appuyant sur mes observations, mes lectures et tout ce que m'avait transmis mon ami défunt. À la cafétéria, j'allongeais les jambes avec assurance en professant devant des étudiants de première année qui venaient de débarquer dans la capitale que le capitalisme générait sa propre impasse. J'acquis une autorité morale. J'énonçais des chiffres quant à la distribution des richesses dans le pays, rappelais que cinquante familles détenaient la plus grosse part du gâteau et ne laissaient aux autres que des miettes. Par fidélité à mon ami, j'articulais ma pensée à sa façon, martelant au même endroit de mon discours que ces disparités flagrantes ne tarderaient pas à faire éclater des conflits sociaux qui entraîneraient la chute de la clique au pouvoir. Naturellement, ce n'est pas ce qui se produisit, c'est tout autre chose qui surgit du flacon magique de la ville…

UN ÉPIPHÉNOMÈNE

Ma tante s'en alla, emportée par cette mort subite qui frappe rarement les femmes. Un jour, elle m'avait dit comme on confie un secret que lors d'une excursion avec son mari Fernando dans la ville de Manaus, en Amazonie, elle avait attrapé la fièvre jaune. Elle était restée une semaine alitée, seule sous la moustiquaire, servie par une jeune fille qui avait peur d'être contaminée, pendant que lui courait les "mulâtresses". Après sa guérison, elle avait continué à craindre une récidive : elle s'attendait à voir surgir le virus du *vomito negro* de ses valises. Au lieu de cela, elle fut victime d'une crise cardiaque à laquelle elle succomba en quelques minutes.

Nous l'allongeâmes sur le lit dans sa plus belle robe. Je ne pleurai pas. Assis sur une chaise à ses côtés, je ne pouvais détourner le regard de son visage. J'observais son teint livide en m'imaginant que, dans son silence, elle repassait le fil de sa vie, telle qu'elle me l'avait confiée. Il m'était difficile de me convaincre que les morts disparaissaient. Les autres s'étant absentés un instant, j'en profitai pour attraper dans sa trousse de maquillage une petite éponge que j'imprégnai de poudre rose pour lui farder les joues, comme je la voyais faire chaque jour. Je lui passai aussi son collier de perles précieuses autour du cou et veillai ensuite à ce que personne ne le lui enlève jusqu'au moment où l'on referma le cercueil.

Mon père refusa de l'emmener dans notre village d'origine. Il paya pour qu'on l'enterre au cimetière de la communauté syriaque de Beyrouth, qui était quasi désert. Nous reçûmes les condoléances dans la salle paroissiale de l'église voisine. C'était le plein hiver. De toute la journée, nous accueillîmes dix-huit personnes – je m'étais distrait en les comptant –, le prêtre et son diacre inclus, ainsi que quelques chômeurs que les enterrements attiraient même s'ils n'étaient pas de la famille du défunt. La moitié avait assisté à la messe. Il faisait froid dans l'église. Le prêtre récita ses hymnes à toute allure, comme s'il avait le feu aux trousses, et ce fut tout.

Ma belle tante était partie. Elle était chez nous comme un bouquet de pivoines dans un vase de cristal. Sa chambre resta fermée ; nous ne touchâmes à rien. Notre maison devint encore plus lugubre, et ma mère encore plus seule. Mon père avait trouvé un autre travail. À nouveau, il s'absentait toute la journée. Et puis notre voisine arménienne déménagea à Bourj Hammoud, à l'entrée est de la ville. J'étais là le jour où elle nous fit ses adieux. Elle se contenta de dire : "On n'est pas chez nous ici, prenez garde."

Elle anticipait ; nous n'accordâmes pas d'attention à ses propos. Mais l'éléphantiasis immobilisa notre voisine beyrouthine à la voix forte et aux recettes exquises. L'appartement perdit toute saveur. Alors nous déménageâmes à nouveau, mais vers l'ouest cette fois-ci.

Pour la première fois depuis notre départ forcé, la mort de ma tante me ramena dans notre bourgade. Une sorte de trêve s'y étant installée, mon père me demanda de l'y accompagner. Nous nous rendîmes au sérail pour faire établir un certificat de décès qui me permettrait d'inscrire le compte bancaire de ma tante à mon nom, comme elle l'avait demandé dans son testament, et d'obtenir une nouvelle carte d'identité – j'avais prétendu avoir perdu l'ancienne. L'officier de l'état civil me regarda d'un air stupéfait et dit à mon père, un ami de longue date : "Dis donc, c'est devenu un homme !"

Nous eûmes une discussion un peu animée avec l'employé à la belle écriture qui, sans me consulter, s'était empressé de remplir la case de la confession religieuse sur ma nouvelle carte d'identité, alors qu'il avait laissé vides celles du niveau d'études, de la profession, de la couleur des yeux et de la peau, et de la forme du nez. Ignorant mes objections, l'officier de l'état civil s'adressa de nouveau à son vieil ami : "Il serait pas un peu communiste, comme toi ?" Mon père sourit d'un air satisfait.

Nous n'avions plus ni maison ni proches au village. Mon père était seul, sa sœur venait de mourir, et ma tante maternelle s'était envolée pour la Côte d'Ivoire. Nous flânâmes une petite heure. Il n'y avait pas de trace des combats, à part ces robes et ces fichus noirs portés par des femmes qui apparaissaient et s'évanouissaient dans les ruelles. Je retrouvai l'odeur des lieux ; je la connaissais par cœur. Maintenant que nous ne vivions plus là, j'avais soudain envie de m'asseoir sur une chaise en paille sur le seuil de cette maisonnette de pierre face à l'église, et de rester là jusqu'au soir à écouter les bruits du village et à regarder passer les gens.

Nous rentrâmes à Beyrouth. Au fond de moi, je me moquais de l'admiration que j'avais inspirée à l'officier de l'état civil. J'étais devenu un homme, disait-il. Un profil accompli. J'avais obtenu une licence de littérature sans fournir d'efforts particuliers, simplement parce que, tel un chameau, j'avais emmagasiné beaucoup de connaissances dans ma bosse au temps du lycée, et parce que j'avais beaucoup lu. Aux examens, je rédigeais mes dissertations en donnant l'impression aux correcteurs que j'en savais plus sur le sujet que ce que j'en disais. Artifice rhétorique qui fonctionnait à tous les coups.

Ma tante m'avait légué tout l'argent qu'elle possédait, avec ses intérêts : celui de ses époux et de ses amants, mais aussi celui qu'elle avait gagné à la loterie en Colombie – un million de pesos à l'époque –, dont elle n'avait jamais parlé à personne à part moi. Je me fis pousser la moustache. De temps à autre, je fréquentais des femmes. Aventures passagères qui ne m'offraient que des corps enfiévrés et des âmes plates. Je croisai à nouveau la sœur jumelle dans un bus bondé. Nous nous saluâmes de loin. L'œil hagard, la jeune femme semblait avoir perdu sa fraîcheur, telle une rose rouge qui ne pouvait s'ouvrir qu'en synchronie avec sa sœur. J'étais peut-être devenu un homme, comme avait dit l'ami de mon père, mais un loup solitaire se cachait en moi.

Nous nous déplaçâmes donc vers l'ouest de la capitale, dans une maison que j'avais choisie moi-même parce que mon père était occupé six jours par semaine au travail. Chaque matin, il prenait le temps de se faire beau, puis réservant les deux sièges avant à côté du chauffeur d'un taxi collectif, il partait à l'atelier pour ne revenir que le soir. Le dimanche, il allait se promener avec ma mère au Rocher de Beyrouth. À l'heure du couchant, ils s'asseyaient à un café pour boire un jus d'orange. En son for intérieur, ma mère attendait de voir un désespéré mettre fin à ses jours en se jetant du haut du rocher.

J'avais choisi cette nouvelle maison à l'époque où j'étais devenu le riche de la famille. Un seul étage indépendant – auquel on accédait par un petit escalier depuis la rue Mak'houl – entouré d'un jardinet où poussaient un néflier, un figuier donnant des figues vertes et des variétés de cactus. Les plafonds étaient hauts et peints, les pièces vastes, lumineuses, finement ornementées. La bâtisse était classée, ce qui doublait son loyer. C'était l'un de ces endroits qui semblent avoir conservé les voix et les spectres de tous ceux qui y ont vécu. La famille qui venait d'en partir avait emporté ses meubles, mais laissé un précieux piano Yamaha. Le propriétaire ne vanta pas l'architecture de sa demeure, ni sa singularité au milieu des hauts immeubles de béton. Il me dit que les locataires précédents n'avaient pas souhaité emporter ce piano parce qu'il leur rappelait leur jeune fils, un pianiste qui s'était tué dans un accident de voiture avec sa femme une semaine après leur mariage. Il se trouva qu'ils avaient déménagé pour les mêmes raisons que notre voisine arménienne. Il se passait quelque chose dans la ville que l'on n'écrivait pas dans les journaux et dont les gens ne parlaient pas à voix haute. Quant à mon père et moi, nous ne voulions pas y penser.

J'agrémentai le piano d'un tableau d'Al-Tinawi*. Des mois durant, j'avais laissé vides les murs du grand salon. Puis un jour, je me rendis dans les quartiers pauvres de Damas. J'étais convaincu que l'art populaire était beau parce qu'il était *populaire*. J'entrai dans l'atelier

---

* Abou Sobhi al-Tinawi (1888-1973) : peintre syrien autodidacte au style unique, naïf et coloré, inspiré notamment de la tradition des grandes épopées arabes.

du défunt maître. Je ne marchandai pas longtemps. Je revins avec un tableau d'Antar*, avec Abla assise derrière lui sur un cheval dont la grande queue noire, semblable à la moustache du chevalier, ne tenait pas dans le cadre du tableau. Le peintre avait rajouté le bout de queue manquant tout en haut du dessin. C'était un homme "consciencieux" qui n'escroquait pas ses acheteurs, dit le marchand – son héritier –, avant de préciser qu'il ne savait ni lire ni écrire.

J'accrochai ce tableau aux mille couleurs, orné de deux vers de la fameuse *Mu'allaqa* d'Antara, dans le salon où trônait le piano. Mais à peine eus-je achevé de concevoir l'aménagement de notre nouvelle maison – où nous avions réservé une pièce fermée aux affaires de ma tante –, que, pour la première fois, nous entendîmes tirer des rafales dans le ciel de Beyrouth. Mon père et moi n'y prêtâmes guère attention, absorbés que nous étions par d'autres affaires que celles qui nous occupaient en apparence. Car en effet, chacun avait son cap secret. Une double vie.

Mon père était amoureux. Or à son âge, l'amour vous vient avec ardeur. Il ignorait que la guerre qui commençait à balbutier autour de nous était une sorte d'aphrodisiaque. Il avait dépassé le milieu de la cinquantaine. Marié jeune, voilà que, d'un coup, il rattrapait ce qu'il avait manqué par fidélité à une femme qui n'accordait

---

* Antar (ou Antara) Ibn Chaddâd, était un poète guerrier de l'Arabie préislamique. Auteur de l'une des sept grandes odes dites *Mu'allaqât* (les "suspendues"), il est également le héros d'une épopée populaire célèbre dans tout le Moyen-Orient. Fils d'une esclave noire abyssine, souffrant d'un amour fou et impossible pour Abla, sa cousine par son père, il finira par se faire reconnaître de celui-ci à force de bravoure et de prouesses au combat, et pourra ainsi conquérir à la fois sa liberté et sa muse.

quasiment aucun soin à sa féminité. Il gérait son aventure beyrouthine avec une discrétion, une patience et une minutie de professionnel. Jusqu'au jour où il fut trahi par le téléphone – un vieil Ericsson noir dont la sonnerie réveillait les dormeurs. Il se trouvait que l'amante de mon père avait la manie de penser à lui la nuit, quand il était aux côtés de ma mère, alors elle appelait à la maison. Sans doute lui avait-il demandé de cesser de les exposer ainsi au scandale, mais le fait est que dès que l'obscurité s'installait, il se mettait à lui manquer éperdument, alors il fallait à tout prix qu'elle essaie d'entendre le son de sa voix. Le téléphone sonnait, ma mère tentait de réveiller mon père, qui se dérobait en faisant semblant de dormir à poings fermés. Elle se levait pour aller au salon, mais sitôt qu'elle décrochait, on raccrochait à l'autre bout du fil. Je sus à quel point ma voix ressemblait à celle de mon père un soir où, rentré tôt à la maison, je saisis le combiné avant ma mère. Entendant gémir une femme qui m'appelait par le prénom de mon père, je crus un instant qu'elle s'était trompée de numéro. Mais elle continua à me reprocher de la laisser seule avec ce "mulet" – je supposai qu'elle parlait de son mari. Semble-t-il incapable de la raisonner, mon père se mit à débrancher le téléphone avant de se coucher – je m'en rendis compte une fois où il oublia de le rebrancher le matin.

Ma licence en poche, je commençai à donner des cours au lycée de garçons Ibn Khaldoun, un établissement public fréquenté par des fils d'épiciers et d'agents des Forces de sécurité intérieure aux faibles revenus, voire franchement pauvres. Les matins de froidure, je me tenais désemparé devant ces adolescents qui ne connaissaient que quelques mots de français. Les violences s'enchaînaient dans la ville et des slogans prêts à l'emploi comme la "lutte contre la colonisation" ou la "riposte au complot tramé contre la patrie" donnaient l'avantage à mes élèves face à Racine et La Fontaine. L'explication d'une scène d'*Andromaque* où Oreste exprimait son amour impossible pour Hermione me permit de m'assurer que ma mission l'était à peu près autant. Jamais ils ne comprendraient la langue de la pièce, et le drame de ce héros grec maudit par les dieux ne leur ferait ni chaud ni froid. Leur vocabulaire était si pauvre et leur expression si rudimentaire dans la langue de l'ennemi qu'ils la parlaient comme des enfants : sujet, verbe, complément, et encore…

Dès le premier jour, je mis un point d'honneur à ne m'adresser à eux qu'en français. Ils crurent ainsi que je ne parlais que cette langue, ou que j'étais étranger à leur pays – mes yeux bleus et mon teint clair les confortaient dans cette impression. Mais un jour, je m'emportai contre un nigaud qui voulut faire le malin en lisant *L'Âne chargé d'éponges et l'Âne chargé de sel*, de La Fontaine. Me levant de ma chaise, je commençai par lui dire en français que sans nul doute il était comme cet âne chargé d'éponges, avant de clamer dans un arabe impeccable : "Tout mal a son remède, la bêtise seule résiste à la médecine !" N'en croyant pas leurs oreilles, ses camarades m'applaudirent avec jubilation et nous fîmes la paix.

Telle était mon occupation officielle, seize heures par semaine, ce qui me laissait le temps de me consacrer à une activité plus convaincante. Il se trouve en effet que j'avais transformé notre maison en un centre de réunions pour l'Organisation des trotskistes arabes, qui y siégeait au grand complet avec cinq jeunes hommes et deux jeunes femmes. Mon ami péripatéticien leur avait glissé mon nom, en louant mes talents révolutionnaires – que je n'aurais pas découverts sans mon inconscience et ma prédisposition à m'embarquer dans les entreprises les plus hasardeuses. Ils surveillèrent de près mon comportement, se renseignèrent à mon sujet, puis s'entretinrent avec moi, à la suite de quoi nous décidâmes que les réunions de l'organisation se tiendraient chez moi.

"Ta maison n'inspire pas les soupçons", dirent-ils sans plus d'explication. La première fois, pour des raisons de sécurité, ils n'entrèrent pas tous ensemble. Ils jetèrent un regard interloqué au grand tableau d'Al-Tinawi au centre de la maison, puis nous entamâmes dans ma chambre une discussion tout à fait cruciale sur les moyens de faire face à l'existence que l'élite financière nous concoctait sans nous demander notre avis.

Un jour, un vase de porcelaine qui trônait sur une table dans le salon disparut – celui où ma mère mettait toutes les fleurs qui lui tombaient sous la main. Mon père ne trouva personne à accuser à part les "Trotskistes arabes". "Tes copains qui vivent la nuit et dorment le jour", dit-il. Il fit de même lorsque ma mère chercha en vain dans son armoire ce manteau de fourrure noire qu'elle portait rarement – il faisait froid, elle voulait le mettre pour aller à la messe du dimanche. Je défendis mes amis, dont la morale était irréprochable ! Comme ma mère demandait qui alors pouvait bien être le voleur, j'eus soudain la certitude que ce n'était autre que mon père, qui offrait toutes ces choses à sa maîtresse et balayait les soupçons en accusant mes camarades.

La ville tremblait sous les déflagrations et les attaques armées, et nous, poignée de révolutionnaires exaltés, étions comme quelques quidams rassemblés sous un auvent à l'abri de la pluie et croyant qu'il faisait beau. Nous n'accordions pas d'importance à ce qui se passait autour de nous, nous voyions tout cela comme des troubles passagers en marge du processus naturel du conflit social que nous savions inéluctable.

"C'est un épiphénomène", avait dit une fois un camarade pour parler des affrontements communautaires qui faisaient chaque jour des morts. De part et d'autre, les pauvres étaient le carburant de cette guerre : c'étaient eux qui tuaient et eux qui mouraient. Dans son exposé sur la contradiction principale et les contradictions secondaires, il reprit ce terme, "épiphénomène", qui, pour peu qu'on le prononce comme il se devait dans sa langue d'origine – l'allemand –, était censé nous rassurer sur la pertinence et la pérennité de nos choix révolutionnaires. Nous avions nos ennemis à nous et nos armes à nous, que j'avais cachées à la maison : trois kalachnikovs, deux révolvers belges, deux caisses de grenades X F1 de fabrication française et quantité de bâtons de dynamite dont je n'avais pas réussi à déterminer l'origine. Une sorte d'internationalisme des armes préludant à celui de la révolution, si cher au cœur de notre mentor assassiné à Mexico d'un coup de piolet à glace. Nous avions rentré les armes un peu avant l'aube, à l'heure où mes parents dormaient d'un sommeil profond, et les avions fourrées sous le lit dans la chambre de ma tante, où j'avais disposé ses affaires exactement comme elle-même les rangeait – son miroir au cadre en forme de cœur sur la table, avec son nécessaire de maquillage prêt à l'emploi ; ses épais oreillers blancs et brodés sur son lit (lorsqu'elle avait commencé à souffrir d'insomnies chroniques, elle s'était mise à dormir en position presque assise). J'étais le seul à avoir la clé de cette chambre. Lors de nos réunions nocturnes, notre section quasi militaire ne perdait pas son temps dans des débats idéologiques. Ce qui nous rassemblait, c'était un désir d'action immédiate. Nous tracions des slogans à l'arrière du ministère de l'Intérieur – "La répression ne fera que nous endurcir" –, saccagions les ouvrages d'Adam Smith et de David Ricardo dans toutes les bibliothèques et les librairies où nous les trouvions, organisions des distributions de colis alimentaires aux pauvres du quartier d'Al-Nab'a, incitions les femmes à se révolter contre leurs maris et leur apprenions à lire et à écrire. Mais notre premier projet, que nous évoquions à voix chuchotée, était de venger notre ami, dont notre groupe portait le nom.

À l'issue de longues discussions sur le choix de la cible et de la méthode, nous passâmes enfin à l'action. Postée près de chez l'homme en question – un directeur de banque –, l'une des deux camarades femmes surveilla ses allées et venues plusieurs jours de suite. Un autre camarade se chargea de préparer un paquet de bâtons de dynamite à retardement. Chaussé de tennis, je m'introduisis de nuit dans le garage et plaçai la dynamite sous la Jaguar. Chacun attendit chez soi. Le chauffeur eut quelques contusions et sortit de l'hôpital le jour même – l'explosion s'était produite au moment où il garait la voiture, après que son propriétaire en était descendu. La Jaguar n'était plus en état de rouler. Ce fut le seul dégât avéré. Mais les condamnations ne cessèrent de pleuvoir. Proche du pouvoir, l'homme était l'un des principaux parrains du grand orphelinat de Dar al-Aytam et le vice-président de l'Association des familles beyrouthines. Il n'avait pas d'ennemis. Nous apprîmes par ailleurs qu'il était d'un âge avancé, et toujours célibataire. "Il a épousé la banque", disait-on. La responsabilité fut donc rejetée sur l'autre moitié de la ville : on voulait affaiblir la mouvance nationaliste en s'attaquant à ses activités.

De notre côté, nous nous abstînmes de revendiquer l'attentat. Nous avions mal choisi le moment et mal préparé les explosifs. Ce fut comme un coup d'épée dans l'eau.

Après cela, les "Trotskistes arabes" menèrent d'autres actions. J'ignore de quelle énergie intérieure ou de quel drame d'enfance ils puisaient cette persévérance sans fin. Ils aidèrent des femmes à avorter, ouvrirent un restaurant où les clients mangeaient à satiété en payant ce qu'ils pouvaient, et, en plus de tout cela, ils espionnèrent mon père avec succès.

Je leur avais demandé de m'aider. Lorsqu'ils apprirent de quoi il retournait, certains objectèrent qu'ils ne condamnaient pas l'adultère et refusaient même l'institution du mariage. Néanmoins, deux d'entre eux consentirent à le faire à titre purement amical, pas en tant que camarades de lutte. Mon père ne les connaissait pas, car nos réunions se tenaient toujours après minuit. Ils montèrent dans le taxi où il venait de s'asseoir seul à l'avant. Tout le long du trajet, me dirent-ils, il avait questionné le chauffeur sur l'argent qu'il gagnait et le nombre d'enfants qu'il avait, en l'encourageant à faire la révolution. Sa voix ressemblait tellement à la mienne qu'ils avaient failli éclater de rire en l'entendant. Ils attendirent toute la journée qu'il ressorte de son atelier de cordonnerie, puis s'assirent à une table voisine dans le restaurant où il alla retrouver sa maîtresse. Une grande blonde, sans doute belle, mais portant des lunettes de soleil qui lui mangeaient le visage.

Ils l'entendirent réclamer un collier de perles qu'il lui promettait depuis des mois. Elle l'accusa de lui mentir et de profiter d'elle. Elle se plaignit aussi de son mari, un radin, et déclara que les hommes étaient tous les mêmes : ils ne pensaient qu'à eux. Les deux camarades en conclurent que mon père ne vivait pas une histoire d'amour : à n'en pas douter, il était victime d'un chantage. L'un d'eux ajouta que le fait qu'il puisse rencontrer sa maîtresse dans un lieu public sans que celle-ci ne manifeste le moindre embarras lui faisait dire que le mari était d'accord avec les agissements de sa femme, voire qu'il les encourageait.

Avant de confronter mon père, je cherchai le collier de perles dans la chambre de ma tante. Ne le trouvant pas, je me souvins que j'avais surveillé son cercueil jusqu'au moment où on l'avait sorti de l'église, mais que je ne l'avais pas accompagné jusqu'au cimetière. Je retournai voir le prêtre syriaque dans notre ancien quartier. On me dit qu'il n'était plus là, qu'il venait juste dire la messe du dimanche devant un petit parterre de fidèles, des personnes âgées pour la plupart. Le dimanche suivant, je l'attendis à la porte de l'église. Il me dit que mon père, qui l'avait accompagné au cimetière avec les fossoyeurs, avait demandé qu'on rouvre le cercueil pour qu'il puisse voir sa sœur une dernière fois. C'est là qu'ils avaient vu le collier à son cou. "Ça nous a surpris, dit le prêtre. On s'est dit que vous aviez dû oublier de le lui enlever."

Mon père et moi sortions tous les jours en ville, pendant que ma mère restait assise seule dans le salon. Elle lisait quelques pages de la vie du patriarche Jérémie d'Amchit ou d'un roman historique de Jurgi Zaydan. Elle s'était mise à murmurer des prières, son chapelet à la main. Chapelet que ma tante lui avait offert quand elle s'était installée chez nous, et qu'elle disait avoir rapporté de l'église du Christ-Roi à Rio de Janeiro. Ma mère le gardait sous son oreiller. Un matin où j'étais assis à ses côtés, elle me fit un café amer – celui avec lequel elle m'autorisait à fumer –, et, comme pour rattraper ces longs mois de silence dans cette maison où elle passait ses journées seule, elle lâcha tout ce qu'elle avait sur le cœur. D'abord, les dames du quartier étaient éduquées et hautaines, elle n'avait pas trouvé le moyen de leur adresser la parole. Et puis tout à coup, elle fondit en larmes et dit que sa vie était un enfer. Elle ne nous aimait plus, elle n'arrivait plus à cuisiner pour nous. Elle parlait au pluriel, de nous deux, mon père et moi, mais il était clair qu'elle voulait parler de son époux. Elle savait tout depuis le début : les coups de téléphone nocturnes, ses longues absences bien après la fin de la journée de travail, la façon dont il veillait à se laver et à changer de chemise et de caleçon chaque matin, sans compter les parfums féminins qui imprégnaient ses habits quand il rentrait le soir. Ce jour-là, il s'était réveillé plus tôt que d'habitude, au petit jour. Elle l'avait vu attraper discrètement le vase de porcelaine et s'enfuir avec comme un voleur. Elle n'avait rien dit, parce que si elle avait dénoncé son infidélité, elle aurait dû quitter le domicile, or elle n'avait nulle part où aller.

Je lui promis de parler à mon père. En attendant, je demandai à mes camarades de me rendre un dernier service qu'il m'était difficile de justifier, et qui une fois de plus était contraire à leurs principes. Mais notre amitié l'emporta. Deux camarades attendirent que mon père sorte de sa fabrique de chaussures. L'un d'eux dégaina un révolver non chargé qu'il lui planta dans le ventre. Ils lui dirent de monter dans leur voiture, avant de l'emmener dans un endroit désert en bord de mer. Là, ils l'accusèrent de faire de l'espionnage pour le compte des ennemis : il leur transmettait les coordonnées des positions stratégiques pour qu'ils les bombardent à l'artillerie. Il nia formellement et demanda de quels ennemis ils parlaient, pendant qu'eux échangeaient des clins d'œil en se retenant de rire devant son embarras, et à cause de sa voix, qui ressemblait tellement à la mienne. Pour finir, ils le sommèrent de déménager de l'autre côté de la ville, là où vivaient les siens, sans quoi lui et sa famille auraient de graves ennuis. Ils ajoutèrent qu'ils connaissaient bien son fils unique, le blondinet qui enseignait le français au lycée Ibn Khaldoun. Ils lui donnèrent deux semaines pour partir. Il répliqua qu'il n'était pas familier de Beyrouth-Est, qu'il n'y connaissait personne, qu'il venait d'une bourgade du nord… "Tu diras pas qu'on t'a pas prévenu !"

Il tomba dans le panneau. Il revint à la maison silencieux et ne confia sa mésaventure à personne. Son attitude commença à changer. Il rentrait tôt de l'atelier et se montrait plus gentil avec ma mère, mais me regardait d'un œil méfiant. Moins d'une semaine plus tard, il se produisit un incident qui décida pour lui et pour nous. Cette nuit-là, un peu avant l'aube, nous fûmes réveillés par de violents coups contre la porte. Des voisins en pyjama criaient qu'un incendie s'était déclaré dans la chambre exposée au nord, celle de ma tante. Je fis sortir mes parents dans la rue, avant de retourner dans la chambre en feu. En ouvrant la porte, je créai sans le vouloir un courant d'air qui attisa les flammes. Reculant dans le salon, je décrochai le tableau d'Antar et Abla, traînai une caisse de livres et sortis de la maison. Je posai la toile contre un arbre sur le trottoir – elle attira le regard des voisins ameutés par l'incendie –, avant de courir chercher mon autre caisse de livres en criant à tous ces gens attroupés devant la maison de s'éloigner le plus possible, car le feu allait gagner les armes cachées sous le lit de ma tante. De fait, nous ne tardâmes pas à entendre des explosions de grenades et de bâtons de dynamite. Un déluge de feu et de fumée s'éleva qui épouvanta tout le quartier, et une grande brèche se forma dans la façade de la maison. La rue se remplit de monde.

Mes parents prirent une chambre dans un hôtel du quartier et je passai la nuit chez un camarade de lutte. Le matin, j'accompagnai mon père au commissariat, où l'on nous dit qu'il s'agissait d'un incendie volontaire. On nous demanda si l'on soupçonnait quelqu'un. Mon père raconta alors comment on l'avait enlevé et menacé. Les policiers se contentèrent de consigner sa déposition dans un immense registre tout en fumant des cigarettes ; ils ne pouvaient pas intervenir, ni poursuivre quiconque. En retournant chez nous voir ce qu'il nous restait, nous trouvâmes là un architecte de l'Association pour la sauvegarde des demeures anciennes venu inspecter les dégâts. Il dit qu'à son avis, on avait voulu détruire cette maison historique pour construire à la place un immeuble de plusieurs étages, un petit gratte-ciel qui rapporterait beaucoup d'argent aux propriétaires du terrain et de la maison… Depuis quelque temps, cela arrivait fréquemment dans la capitale. Là-dessus, le propriétaire arriva sur les lieux. Il ne parut pas choqué par ce qui s'était passé, je peux même affirmer qu'il était satisfait du résultat.

Quant à mon père, il ne pouvait s'empêcher de penser que c'étaient ceux qui l'avaient menacé sur la plage qui avaient mis le feu à la maison. Pourtant, quand il revoyait la scène, il n'arrivait pas à croire que ces deux jeunes gens soient capables d'une chose pareille. Et puis il avait l'impression de les connaître, de les avoir déjà vus quelque part. Un jour, il me fixa longuement, comme s'il était sur le point de résoudre l'énigme. "Ils te connaissent et savent où tu enseignes…", fit-il.

Craignant que nous soyons démasqués, je le laissai dans le doute. Son sentiment que nous habitions dans un quartier hostile ne fit qu'empirer. Il se mit à dire que nous avions quitté notre bourgade pour fuir ce que nous avions retrouvé dans la capitale.

La chambre de ma tante était calcinée. Une partie de la maison s'était écroulée, elle n'était plus habitable. L'épiphénomène que nous avions pris à la légère nous avait rattrapés. Une fois de plus, nous n'avions plus qu'à partir. Il ne restait quasiment plus aucune trace matérielle de ma tante. Tous les souvenirs de ses voyages et de ses histoires d'amour avaient été engloutis par le feu. Il n'y avait plus que ce collier de perles avec lequel j'imaginais la grande blonde, la maîtresse de mon père, se pavaner dans les mariages et les fêtes de circoncision. Ce fut l'ultime mort de ma tante.

MES FANTÔMES FAMILIERS

Ils nous accueillirent comme si nous venions d'échapper à une mort certaine, nous serrèrent la main en se félicitant de notre retour "parmi les nôtres". Comme par enchantement, un homme âgé qui se présenta comme le *mokhtâr** du quartier, deux jeunes volontaires et des femmes du voisinage étaient là à notre arrivée. Je faillis leur expliquer que nous n'étions pas "de retour" parce que nous n'avions jamais vécu là, que nous étions de nouveaux venus qui se perdaient dans les rues de leur quartier, dont j'allais découvrir qu'elles s'enroulaient les unes autour des autres comme un dédale. Mais je craignis de gâcher leur joie.

Ils riaient en secret de notre fort accent, nous nous moquions de leur façon de saupoudrer toutes leurs phrases de mots français. Sans en avoir la moindre preuve, ils étaient persuadés que ceux qui avaient mis le feu à la maison dans notre sommeil, de l'autre côté de la ville, voulaient soit nous tuer, soit nous chasser. Quelqu'un commenta qu'au moins, dans cette guerre ouverte entre les deux Beyrouth, ils avaient gagné notre présence parmi

* Chef de quartier ou de village, sorte de maire coutumier gérant les affaires d'état civil, les conflits entre familles, etc.

eux. Ils nous avaient apporté à manger, nous proposèrent des vêtements, nous aidèrent à aménager l'appartement – nous apprîmes par la suite que les locataires précédents l'avaient quitté pour fuir la guerre dans l'autre sens. Ils inspectèrent les quelques meubles que nous avions pu sauver et transporter dans un camion, et s'arrêtèrent intrigués devant le tableau d'Antar et Abla. Non sans peine, l'un des deux jeunes lut à voix haute les vers ornant la selle du cheval :

Mes deux mains lui ont prodigué un coup soudain
D'une lance bien droite, aux nœuds durs, toute roide

J'ai troué de ma lance sourde ses atours :
Le généreux n'est pas à la lance interdit !*

Le jeune homme, qui écorcha la vocalisation de chaque mot du poème, ne saisit pas le sens de ces vers. Il y flaira néanmoins un accent d'orgueil, ce qui lui fit dire que depuis que Dieu les avait créés, les Arabes n'avaient rien su faire d'autre que de se glorifier de prouesses fallacieuses. Nos prénoms de saints et des premiers martyrs de l'Église plurent à nos voisins. Quant à notre nom de famille, il ne leur était pas étranger – celui de la famille de mon père, connue aux siècles derniers pour ses hommes de religion aussi dévots que doctes, dont un prêtre qui lavait son étole avant de la jeter vers les rayons du soleil pour la sécher. Leur empressement à notre égard contrastait avec l'expression qui se lisait sur nos visages. Seule ma

---

* Vers 49 et 51 de "La Muʿallaqa de ʿAntara" (*Les Muʿallaqât, les sept poèmes préislamiques*, traduits par Pierre Larcher, Fata Morgana, 2000).

mère, qui semblait s'accommoder de ce qui nous était arrivé, leur souriait avec courtoisie et les remerciait pour leurs attentions. Mon père, lui, gardait la mine sombre. On aurait dit un condamné aux travaux forcés. Ayant perdu son travail de l'autre côté de la ville, il en faisait un drame, disait qu'à son âge il aurait beaucoup de mal à retrouver un employeur par ici. Quant à moi, j'avais décidé d'accompagner mes parents dans leur nouveau logement, de les y installer, puis de retourner sans tarder à mon lycée et à mes camarades de lutte. Notre mission se poursuivait, elle ne prendrait jamais fin, et nous gardions un moral d'acier.

Je fis une tentative au bout de quelques jours. Le chauffeur du taxi me conduisit jusqu'au Musée national en me disant que je n'avais plus qu'à marcher le long de l'avenue Abdallah al-Yafi, qui était jonchée d'obstacles et de talus de terre. Des dizaines de personnes aux traits fatigués tentaient de franchir la ligne de démarcation en tirant enfants et valises derrière eux. La plupart cherchaient à rejoindre l'aéroport pour quitter cette ville où la vie était devenue intenable. À son extrémité, l'avenue était barrée dans les deux sens par des blocs de béton entre lesquels on avait aménagé un unique passage pour les piétons. On pouvait lire au-dessus sur une plaque de bois : "Ouverture du barrage de 8 h du matin à 4 h de l'après-midi", ce qui correspondait aux horaires des écoles et des bureaux. Le barrage était gardé par des hommes armés qui demandaient aux gens leurs papiers d'identité, l'endroit où ils allaient et la raison de leur déplacement. Chacun avait son histoire et les miliciens n'étaient pas pressés. Un couple se tenait devant moi. J'entendais des bribes de ce qu'ils disaient. Ils mentionnèrent leur enfant malade, qu'ils venaient de visiter à l'hôpital des maladies respiratoires. L'épouse éclata en sanglots ; les miliciens se montrèrent bienveillants. Vint mon tour. Apparemment, ils étaient tour à tour complaisants puis agressifs. Je fus accueilli par des mines revêches et des questions brutales. Ils se renfrognèrent encore plus en voyant ma carte d'identité.

"Où vas-tu ? me demanda l'un des miliciens d'un ton sec.

— Rue Mak'houl."

Ma réponse laconique ne fut pas à leur goût, à moins qu'ils aient cru que je me moquais d'eux parce qu'ils n'avaient jamais entendu parler de cette rue. Si mon camarade péripatéticien avait été avec moi, il aurait deviné qui ils étaient et d'où ils venaient à leurs vêtements et à leur accent. Sans doute aurait-il déclaré qu'ils appartenaient à ce qu'il appelait le "sous-prolétariat", ces nouveaux venus que la dévastation de la ville arrangeait parce qu'elle était pour eux le seul moyen d'en tirer quelque chose. Ils me rendirent ma carte d'identité en m'ordonnant de "retourner d'où je venais". J'en profitai pour leur expliquer que, justement, ma maison était là-bas, par-delà la ligne de démarcation, et que j'y avais un précieux piano que je souhaitais récupérer. En outre, je voulais déposer des fleurs sur la tombe de ma tante. Je ne pouvais pas la laisser seule dans ce cimetière syriaque de l'autre côté de la ville. Mon sentimentalisme ne me fut d'aucun secours : mon nom trahissait clairement mon appartenance confessionnelle. "Ta place est là-bas, retournes-y", me sommèrent-ils en désignant l'est de la main.

Mais j'ignorai leur ordre. Ils eurent beau se mettre à crier, interloqués, je m'avançai vers le point de passage, mû par ce désir de confrontation qui ne me quittait pas : il fallait toujours que je fonce sans protéger mes arrières. Deux hommes me barrèrent la route. Fort de mon bon droit, je les repoussai. J'en vis un soulever son fusil automatique pour le charger. Je ne bougeai pas. Regardant ma montre à mon poignet, je dis que mes élèves de seconde littéraire m'attendaient au lycée Ibn Khaldoun. Ils n'en pouvaient plus de moi et de mes histoires, dont ils n'avaient que faire, et de ces endroits qui ne leur disaient absolument rien, alors, après une nouvelle sommation infructueuse, un autre tira une rafale vers le sol. Une balle m'atteignit à la jambe. Les gens qui tentaient de passer s'enfuirent dans tous les sens. Les miliciens me bandèrent la jambe tout en m'insultant. Je ne m'effondrai pas, je ne sentais pas la douleur, malgré le sang qui coulait à flots. Une ambulance arriva qui me ramena là d'où je venais. Sur le chemin de l'hôpital, la douleur s'empara de moi. Je me retins de gémir jusqu'à ce qu'on m'injecte un antalgique. On me plâtra la jambe.

"Il faut la garder quarante jours dans le plâtre", me dit le médecin. À la maison, je la relevai sur le lit où je m'allongeai. Ma mère vint me dire que depuis quelque temps, elle se contentait de prier que je reste en vie, parce qu'il n'y avait rien à faire : j'avais le goût du risque dans le sang. Mon père voulut que je lui raconte par le menu ce qui m'était arrivé. Je dus lui décrire le barrage et lui répéter les questions que les miliciens m'avaient posées. Je me demandai s'il ne se renseignait pas dans l'idée de tenter à son tour de passer dans ce quartier où l'appelait toujours son cœur.

Beyrouth se ferma à moi. La ville que m'avait dépeinte mon camarade gauchiste s'évanouit. La clameur des villageois qui y descendaient, la propreté de ses vieux quartiers bourgeois. Ici, c'étaient les petits métiers, là les artisans arméniens avec leur savoir-faire ancestral, le front de mer avec ses hôtels, les belles femmes et les espions, les souks ottomans, la rue des cafés, les cinémas, les intellectuels, le quartier où nous vivions, mes parents et moi, tranquille comme un petit village en plein cœur de Beyrouth. Où nous vivions depuis que nous avions fui les quartiers ouest, parce que la ville tapageuse de mon camarade se résumait maintenant à deux côtés : le musulman et le chrétien. Heureusement qu'il était mort sans avoir vu cela.

Lorsqu'on m'enleva mon plâtre et que je me relevai pour marcher, je ne pus faire un pas sans pencher vers la droite. Le médecin me dit de m'aider d'une canne. L'idée me rebutait, mais il me rassura : ce n'était qu'une affaire de deux ou trois mois. Je sortis donc flâner sur les trottoirs avec ma canne. Je marchais lentement, en pesant mes pas. J'aimais voir mon reflet dans les vitrines des magasins – fantôme fugace qui éveillait en moi de vieux souvenirs littéraires. Cette canne me donnait de l'aplomb et de la maîtrise. Je ne craignais pas qu'elle me fasse perdre mon prestige auprès des femmes, au contraire, j'étais convaincu qu'elle soulignerait mon charme et mon mystère. Au lieu de chercher à m'en débarrasser, de m'entraîner à marcher sans elle, j'en acquis toute une série : près de dix cannes en bois de noyer ou de sureau. Je trouvai même chez un antiquaire un pommeau doré en forme de tête de chat, qu'il me vendit le double de son prix en me voyant si enthousiaste. Quelques mois plus tard, quand j'eus retrouvé mes forces et que mes os se furent redressés, je refusai de me débarrasser de cette canne et continuai à m'appuyer sur elle en marchant : je descendais les escaliers quatre à quatre mais, arrivé dans la rue, quand je me mêlais aux passants, je reprenais ma démarche empesée pour redevenir un homme de lettres aux manières élégantes, un dandy pour qui les apparences étaient une raison d'être.

Ma canne et mon nouvel exil me ramenèrent à la littérature, que j'avais délaissée pour chercher la vérité révolutionnaire dans des ouvrages consacrés à rien de moins qu'à l'histoire et à l'être humain. Je rouvris mes caisses de livres, redécouvris leur contenu et l'éparpillai sur les sièges et les tables, dans ma chambre et jusque dans la salle de bains. Et puis j'en achetai d'autres. Je lisais sans aller jusqu'au bout de ce que j'avais entamé, j'ouvrais des chemins que je me promettais de revenir fouler plus tard. Je n'arrivais plus à finir un livre. Je compris que je ne supportais plus les fins. Les dernières pages étaient toujours tristes. De la même façon, depuis que nous étions descendus à Beyrouth, chaque fois que j'allais au cinéma, je me levais avant la fin du film, dès que je sentais que l'action s'approchait du dénouement. J'aimais les livres sans début ni fin, que je pouvais lire et comprendre en les ouvrant à n'importe quelle page, parce que les récits s'y enchaînaient sans cheminement précis. C'est ainsi que je finis l'Ancien Testament en lisant au hasard des extraits de la femme de Loth, du déluge de Noé ou de la reconstruction du Temple.

Les livres étaient ma seule compagnie de ce côté-là de la ville où nous vivions dans un appartement avec trois chambres à coucher – une pour mes parents, une où je dormais avec mes livres et mes rêves retrouvés, une dernière fermée à la mémoire de ma tante, où nous avions mis quelques-unes de ses chaussures qui avaient réchappé à l'incendie. Dès le lendemain de notre arrivée, sans doute du fait de la tiédeur de notre réaction, ou parce qu'ils avaient entendu dire des choses peu rassurantes sur nos affinités politiques et notre sympathie pour l'autre camp – celui-là même qui nous avait chassés –, les voisins cessèrent de nous rendre visite et nous laissèrent nous débrouiller tout seuls.

Nos affaires ne s'arrangeaient pas. Mon père semblait toujours soucieux. Nous sentions qu'il cherchait par tous les moyens à retourner sur la scène de son infidélité. Nous ignorions s'il avait réussi à passer de l'autre côté. Le fait est qu'un jour, il s'absenta de la maison pour ne revenir qu'au matin. Son humeur devint instable. Parfois, il se mettait à plaisanter – sans réussir à arracher un sourire à ma mère –, alors que les jours d'avant, il était déprimé et ne déjeunait pas avec nous. Ma mère et moi le lisions comme un livre ouvert.

Ma mère, ah ma mère, qui, après avoir atteint la cinquantaine, s'était souvenue qu'elle existait et avait pris conscience de toute l'angoisse qu'elle refoulait en elle... Du jour au lendemain ! Le lundi suivant le dimanche des Rameaux, je rentrai à midi pour déjeuner avec mes parents. J'avais commencé à travailler au lycée du Bon Pasteur, près de chez nous. Je frappai à la porte avec ma canne pour m'annoncer. Ma mère n'était pas là – d'habitude, elle ne quittait pas la maison. Le repas posé sur la table avait refroidi. Un déjeuner pour deux personnes. Des petits pois, du riz, de la viande, une salade de betteraves et du sirop de *jellâb** aux raisins secs et aux pignons. Elle ne s'était pas comptée ; elle ne rentrerait pas. Mon

* Boisson fraîche à base de mélasse de dattes et d'eau de rose.

père arriva. La peur se lisait dans son regard. Ne sachant comment chercher sa trace dans la ville, nous restâmes assis en silence. Soudain, on toqua à la porte. Ma mère entra accompagnée d'une femme – l'une des voisines qui étaient venues nous accueillir le premier jour, quand nous avions fui l'ouest de la ville. La femme souriait d'un air embarrassé. Ma mère était vêtue d'une robe de fin velours bleu qu'elle n'avait encore jamais portée, et coiffée de l'unique couvre-chef qu'elle possédait : un chapeau surmonté d'une plume que l'on voyait sur ses photos de mariage, puis qu'elle avait caché et oublié dans son armoire. Elle avait ombré ses yeux de khôl, comme ma tante lui avait toujours conseillé de faire, en lui disant qu'elle était belle – compliment que ma mère déclinait. Elle avait l'air ridicule. Les larmes aux yeux, je m'approchai de la fenêtre et me mis à regarder ce qui se passait dans la rue pour qu'elle ne voie pas mon trouble. Jetant son chapeau sur le canapé, elle s'assit, la mine défaite, les yeux hagards, puis nous demanda pourquoi nous n'avions pas déjeuné. Nous ne sûmes quoi répondre.

La femme s'éclipsa. Je la suivis dans l'entrée de l'immeuble, tellement confus que j'en oubliai ma canne à la maison. Elle me dit qu'elle avait trouvé ma mère assise dans le jardin des Jésuites. Elle riait toute seule et semblait perdue. Elle s'était approchée d'elle, mais elle ne l'avait pas reconnue, sans doute parce qu'elle ne l'avait vue qu'une fois. Elle s'était assise sur une chaise à côté d'elle. Ma mère lui avait raconté comment sa famille avait souffert de la faim pendant la Grande Guerre. Son grand-père vendait un olivier en échange de deux ou trois galettes de pain, de quoi nourrir ses enfants un seul jour. Son mariage avait été arrangé par ses parents. Elle ne voulait pas d'enfants. C'était par accident qu'elle était tombée enceinte de son fils – moi, je présumais.

Elle disait que sa famille n'était pas faite pour avoir des enfants. Elle n'avait pas dit pourquoi, et, par pudeur, la femme n'avait pas cherché à le savoir. Comme celle-ci s'apprêtait à quitter le jardin, ma mère lui avait demandé de l'aider à rentrer chez elle – il n'était pas rare que les gens se perdent dans ce lacis de rues qui se ressemblaient toutes. Elle l'avait raccompagnée près de la maison, mais ma mère était restée plantée là, les yeux dans le vague, comme si elle ne savait pas où elle était. Alors elle l'avait conduite jusqu'à l'appartement. Je remerciai la dame et rentrai chez nous. Ma mère s'était changée, avait caché son chapeau et s'était rincé le visage. Je plaisantai avec elle pendant le déjeuner et nous tournâmes la page, comme si de rien n'était. Plus jamais nous ne parlâmes de ce qui s'était passé ce jour-là.

Nous reprîmes notre petite vie. Mon père trouva un emploi qui ne lui plaisait pas : gérant d'un magasin de chaussures de luxe d'importation. Quant à moi, je retrouvai une certaine stabilité. Travailler au lycée du Bon Pasteur n'était pas fatigant : les élèves y étaient plus familiers avec le français. À présent, je menais une existence sans heurts en marge du monde. Petit enseignant de troisième grade, numéro fiscal 67/280, promis à un échelon de plus tous les deux ans, apprécié de ses collègues, lesquels n'éprouvaient pas de gêne à faire appel à lui quand ils rencontraient une difficulté linguistique. Mes collègues femmes cherchaient à se rapprocher de moi, mais je ne m'intéressais guère à leur beauté ni à leur caractère. La professeure de philosophie des classes de terminale, en revanche, m'évitait – on disait qu'elle était mariée mais que personne n'avait jamais vu son mari. Elle avait toujours avec elle un livre dans lequel elle se plongeait pour esquiver la compagnie des collègues. Nous nous voyions le mercredi avant midi dans la salle des professeurs, seuls, sans rendez-vous. Nous corrigions des copies ou préparions nos cours. Elle était belle et silencieuse. Tout au long de cette heure de pause, je ressentais la chaleur de sa présence. Dans mes rêves éveillés, je me voyais partir en 4×4 dans une lointaine forêt amazonienne avec une compagne à la beauté singulière titulaire d'un doctorat sur la pensée hégélienne et munie d'un appareil photo récent de fabrication japonaise. Une fois, je l'invitai au café. "Peut-être plus tard, un jour…", répondit-elle avec un sourire mystérieux.

Je mangeais, je buvais, je lisais, je dormais. Les choses se passaient à mon insu. J'étais comme disait le poète* : "ni solaire, ni lunaire". À nouveau, j'étais envahi par la mélancolie, qui m'avait épargnée durant ces années où j'avais mené toutes sortes de guerres. Je ne cherchais même plus à savoir d'où venaient les obus qui explosaient parfois dans le voisinage. J'étais détaché. Je perdis l'appétit et commençai à ressentir un vertige léger mais persistant. Je me mis à errer seul dans la ville. Je prenais la rue de l'Indépendance pour remonter celle des Trois-Docteurs, avant de tourner pour redescendre par la rue Gouraud. Je ne m'asseyais jamais au café, j'avançais sans m'arrêter. Je n'étais pas seul dans mes déambulations : je marchais en tête d'un cortège où l'on pouvait reconnaître le prince

---

* Fragment d'un poème composé par le poète libanais Bechara al-Khoury (1884-1968) à l'occasion d'une cérémonie d'hommage qui lui fut rendue vers la fin de sa vie.

Mychkine, Nikolaï Stavroguine, Smerdiakov, entre autres personnages atteints d'épilepsie ou de fatale tuberculose, obsédés par le jeu – ils pariaient tout l'argent qu'ils possédaient, et si par hasard ils gagnaient, ils continuaient à jouer jusqu'à perdre leur dernier sou –, ou alors nourrissant au fond d'eux une envie perpétuelle de suicide. Une poignée de créatures dont on disait que la souffrance était leur besoin primaire, et qui ne toléraient aucun compromis sur le chemin les menant à la mort. Certains jours, le cortège s'allongeait : à ces âmes slaves et déliquescentes se joignaient des gens de ma bourgade, dont nous étions partis à jamais. Des cousins qui, par leur père ou leur mère, étaient rattachés aux Sabbâgh. Le professeur de mathématiques qui un jour avait brisé tous ses miroirs comme pour fracasser sa propre image. Cette belle femme qui, dans sa quarantaine, se baignait dans le bassin avec lequel on irriguait les vergers, sa longue chevelure noire lâchée sur ses épaules, et marchait nue dans le clair de lune en apostrophant les hommes, qui s'enfuyaient avec effroi sur son passage. Le jeune qui passait ses journées au cimetière en s'adressant aux morts par leur nom, leur rappelant avec sarcasme tous les faux pas qu'ils avaient commis de leur vivant. Les jumelles du village de villégiature nous accompagnaient aussi, ainsi que mon ami martyr de l'Organisation des trotskistes arabes, comme tous les autres membres de la cellule internationaliste, et enfin ma mère, qui fermait le cortège. Des gens dont je pouvais presque entendre les voix, surgies de temps disparates, chuchoter des choses toutes ensemble à mon oreille. Je pressais le pas en jetant un œil en arrière, me mettais à haleter, à transpirer, les battements de mon cœur s'emballaient, jusqu'à ce que j'atteigne les abords de la maison.

Je revenais à ma mère, qui avait recommencé à braver ses angoisses. Quelque temps après sa première escapade, en effet, elle partit à nouveau de la maison, mais cette fois pour un plus grand voyage. Nous trouvâmes ses vêtements en pagaille sur le lit, comme si elle avait eu du mal à décider ce qu'elle allait mettre. Elle avait disparu. Nous restâmes assis là une heure, le visage sombre, puis mon père sortit sans me dire où il allait. Je crois qu'il se sentait coupable. Il rentra en début de soirée, espérant la trouver là. Le téléphone sonna. C'était l'ami de mon père, l'officier de l'état civil, qui nous annonça d'une voix hachée que ma mère était chez eux – il ignorait comment elle était arrivée jusque-là. Elle allait passer la nuit avec eux. Il conseillait à mon père de venir la chercher le lendemain. Il se contenta de dire qu'elle n'allait pas très bien.

Un taxi l'avait montée au village. Elle s'était dirigée aussitôt vers la maison abandonnée de sa famille, dans le vieux quartier. Depuis la mort de ses parents et la fugue de sa sœur, ce n'était plus qu'une ossature de pierre et de béton envahie par les ronces et les mauvaises herbes, un repaire de chats errants. Entrant dans ce qu'il restait de la chambre qu'elle partageait avec sa sœur, elle s'était mise à chanter des comptines pour enfants qu'elle avait apprises à l'école religieuse, comptines évoquant le cheval du fils du roi et les nattes de la jeune fille blonde qui l'attendait sous un saule près du ruisseau. En entendant cette voix, les passants s'étaient attroupés à l'entrée de la maison. Elle avait continué à chanter. Ils l'avaient reconnue et avaient appelé l'officier de l'état civil, l'ami le plus proche de son époux.

Nous arrivâmes le lendemain. Mon père était gêné, il ne savait pas comment expliquer le comportement de sa femme à ses amis. Nous rentrâmes à Beyrouth avec elle. Assis à côté d'elle à l'arrière de la voiture, je la serrai dans mes bras tout le long du trajet. Elle pleurait doucement en me parlant à voix basse du passé qui n'était plus. Les gens s'en allaient et les maisons disparaissaient. Les sentiments et les odeurs mouraient. Elle me demandait comment les faire revenir. Pourquoi ne pouvait-elle revenir au temps de l'amour partagé avec mon père, à l'école, dans les bras de ses parents, à l'enfance, quand elle ne pensait pas à la mort, qu'elle en ignorait même l'existence ? Toujours raisonnable, silencieuse, résignée, ma mère était devenue une autre femme, que je ne connaissais pas, et qui m'appelait à l'aide. Troublé par sa fragilité, je m'efforçai de la faire taire. Ses mots m'avaient frappé en plein cœur.

Après qu'elle eut retrouvé son calme et que nous commençâmes à réfléchir à la garder à tour de rôle, je fis le tour des quartiers alentour à la recherche d'un café où je pourrais m'installer. J'en trouvai un sur une petite place presque fermée. Le lendemain, muni d'un beau carnet et d'un stylo-plume, dans l'espoir que la qualité de l'encre et du papier donnerait quelque valeur à mes mots, je m'assis à une table d'où je voyais la rue encombrée de voitures. Ce jour-là, je me contentai de boire un expresso et de fumer quelques cigarettes. Disons que ce fut une séance liminaire, dans ce café donnant sur la façade d'un immeuble récent et sur un kiosque à journaux qui vendait aussi des billets de loterie. Je ne pus écrire un mot, mais je me redis ma détermination à commencer à écrire, je ne savais pas encore quoi. Je sentais que j'avais des tas de choses à dire. Il ne me restait plus qu'à trouver comment les formuler. Dix jours plus tard, à brûle-pourpoint, sans qu'il ne me soit rien arrivé de particulier, les mots déferlèrent avec une profusion irrésistible, comme l'eau jaillit soudain d'une source, vers le milieu du mois de mai, sitôt que la nappe souterraine qui l'alimente se met à dégorger. Dix jours pour faire surgir deux pages d'écriture. Mais dès le lendemain de cette poussée d'inspiration, je me taris. C'est à ce moment-là, alors que je commençais à me reposer un peu de tous les fantômes familiers qui me hantaient, que ma tante réapparut – celle qui s'était enfuie avec un homme marié et dont on n'avait plus jamais eu de nouvelles !

Venue de Yamoussoukro avec son fils, elle avait voyagé en avion jusqu'à Chypre, puis gagné le Liban par la mer. Un périple éprouvant, surtout sur le bateau entre Larnaca et Jounieh. Mon père ne la reconnut pas quand elle passa la porte. Elle avait les cheveux courts, teints de deux couleurs criardes, et portait une robe à fleurs. Elle faisait tout pour avoir l'air d'une jeune femme. Même sa façon de parler avait changé après toutes ces années : son arabe n'était plus très pur. Un jeune adolescent à la peau noire entra avec elle. Un vrai Africain aux cheveux crépus et aux lèvres charnues. Il ne quittait pas sa mère, comme s'il se sentait en terre ennemie. Il gardait le silence, et s'il devait répondre à une question d'un adulte, il le faisait en français. Rentré du Bon Pasteur, je trouvai les valises de ma tante entassées à l'entrée de l'appartement. Ma mère n'arrêtait pas d'embrasser sa sœur, mais se montrait plus réservée avec le garçon. Elle ne le prenait pas dans ses bras et se contentait de s'adresser à lui à distance.

Assis autour de ma tante, nous l'écoutâmes raconter son histoire – devant son fils, ce qui ne manqua pas de me surprendre. Comment elle avait rencontré son mari dans cette bourgade qui s'endormait à la tombée du jour parce que ses rues n'étaient pas sûres la nuit. Un bel homme, assez irrésistible. Elle était toute jeune et n'avait jamais embrassé un garçon. La vie de cet homme avec sa femme était faite de cris et de disputes sans fin. Il avait proposé à ma tante de s'enfuir avec lui. Il disait que même si elle refusait de le suivre, il partirait seul. Il réunit un peu d'argent, elle vendit ses bracelets et son collier en or, et ils s'envolèrent pour le Togo, et de là au Ghana, puis à Abidjan, avant de s'installer à Yamoussoukro, au centre du pays. Ils s'aimaient à la folie. Elle travailla à ses côtés dans le commerce. Ils assistèrent aux rébellions des tribus et aux "guerres des diamants", puis ils eurent un garçon.

Je l'interrompis pour lui demander s'ils s'étaient mariés. Elle dit qu'un prêtre catholique ivoirien les avait mariés sans leur poser de questions sur leur passé.

Quand elle tomba enceinte, l'hôpital de Yamoussoukro venait de s'équiper d'un échographe. Elle passa l'examen. On lui dit que c'était un garçon. Son mari sauta de joie. Comme le bébé donnait beaucoup de coups de pied, il posait son oreille sur le ventre de sa femme pour écouter. Il prit soin d'elle et l'accompagna à l'hôpital le jour de l'accouchement. Lorsqu'on lui amena l'enfant dans la chambre, il découvrit qu'il était noir. L'échographie ne montrait pas la couleur du fœtus. Il faillit se trouver mal, mais reprit ses esprits et se mit à hurler dans le couloir en insultant le médecin, qu'il accusait d'avoir échangé son fils contre un autre. L'homme l'emmena à la pouponnière où l'on mettait les nouveau-nés. "Regardez, il n'y a pas un seul enfant blanc."

Le mari ne retourna pas dans la chambre de sa femme et ne rentra pas non plus à la maison ; le soir même, une crise cardiaque l'emportait. Ma tante lutta pour s'en sortir, mais elle se résolut à quitter la Côte d'Ivoire quand, après avoir été cambriolée trois fois, elle commença à craindre pour la vie de son fils. Elle vendit tout petit à petit, et elle rentra.

À nouveau, je me permis de demander si ce garçon était bien le fils de ma tante. Sa mère se mit à rire et le prit dans ses bras. Elle nous avait tout raconté, mais, dans nos têtes, une question restait sans réponse : d'où venait cet enfant parfaitement noir ? Ma tante ne nous donna aucun indice. Elle en parlait comme de son fils légitime. Confus, mes parents observaient tour à tour l'adolescent et la chevelure et l'accoutrement de ma tante.

Le lendemain, j'emmenai le garçon au marché. Ainsi, j'avais l'air encore plus mystérieux. Nous nous assîmes au café comme de vieux amis. Je lui commandai une coupe de glace à la mûre. Les clients et les passants nous regardaient avec étonnement, moi, ma canne et mon cousin.

À présent, nous n'étions plus très à l'aise dans la maison. Contrairement à ma tante, mes parents et moi étions des gens peu bavards ; Dieu nous avait faits ainsi. En outre, je ne pouvais plus supporter de sentir leur faiblesse. Je les voyais redevenir adolescents, j'avais l'impression d'être leur aîné. Alors, tournant une nouvelle page, je m'en allai.

LA SAISON DES FEMMES

Je descendis au *Beyrouth-sur-Mer**. Un petit hôtel de dix chambres. Je l'avais trouvé par hasard, en feuilletant le guide des bonnes adresses de la capitale. La façade était bleu ciel, les fenêtres blanches et la patronne avait les yeux verts – hérités de sa mère d'origine tcherkesse. Elle avait retapé avec son mari cette bâtisse datant du mandat français. Depuis quelques années – plus précisément depuis la fin "officielle" de la guerre –, ils avaient pour clients de petits hommes d'affaires venus là par erreur qui se plaignaient de la lenteur du service, et des journalistes étrangers qui affluaient lorsque des enlèvements ou des assassinats faisaient ressurgir au grand jour la violence de la guerre. Ceux-ci ne manquaient pas de mentionner dans leurs articles à quel point ils avaient apprécié l'arak artisanal, le vrai taboulé et les aubergines farcies à la viande. Il y avait aussi des touristes qui avaient lu des choses sur le charme indescriptible de Beyrouth.

J'avais emporté deux valises de vêtements, deux cannes, une sélection de livres que je n'avais pas encore lus, le carnet où j'avais entrepris de relater les épisodes de ma dépression et le tableau d'Antar Ibn Chaddâd, qui me

* En français dans le texte.

lorgnait d'un œil noir, comme s'il m'en voulait de le transbahuter sans cesse d'un endroit à l'autre. Je m'installai à l'angle de la bâtisse, dans une grande chambre avec deux fenêtres donnant sur la rue d'Arménie, dont la location engloutissait la moitié de mon salaire d'enseignant – malgré la remise généreuse que j'avais obtenue en tant que résident permanent. On pouvait prendre le petit-déjeuner dans un petit jardin, mais les clients préféraient se réfugier à l'intérieur tellement il était infesté de moustiques en toute saison. À mes heures libres, je pris l'habitude de m'asseoir dans le hall de réception, dos au mur, mon carnet d'écriture devant moi, même si je ne l'ouvrais plus. Je voulais découvrir les petits secrets du lieu. J'écoutais discrètement un homme assis seul au bar qui faisait craquer ses doigts et commandait beaucoup de vodkas grenadine. Je lisais les titres des tubes démodés enregistrés dans le vieux juke-box en panne relégué dans un coin. Je regardais le patron traverser la réception avec du matériel de menuiserie à la main. Il réparait les portes et les lavabos, peignait les murs et y dessinait des bouquets de fleurs et des oiseaux aux couleurs étranges, pendant que son épouse restait assise à la réception à mirer sa beauté dans les yeux des clients.

J'allais parfois rendre visite à ma mère. Elle parlait très peu et ses regards se perdaient dans le vague. Quand on lui demandait comment elle allait, elle répondait avec un sourire affecté qu'elle se portait à merveille, mais si on ne lui disait rien, elle restait muette. Assise en face d'elle, ma tante contemplait en silence ce qu'il était advenu de sa sœur. Comme je redemandais à ma mère des nouvelles de mon père, elle disait qu'elle ne savait rien de lui. Il ne rentrait plus déjeuner, il avait beaucoup à faire. Elle ne disait pas cela avec ironie comme avant. Elle n'avait plus la force de récriminer.

J'emmenais mon cousin manger une glace au café du quartier. Les gens ne nous quittaient pas des yeux. Je tentais de réparer les brimades qu'il subissait à l'école. Il me racontait que les élèves inventaient des cris et lui donnaient des sobriquets inspirés des animaux de la jungle. En classe, il restait assis seul sur un banc à deux places. Les autres le fuyaient. Ils disaient qu'ils lui trouvaient une odeur. Ils se pinçaient le nez. Chaque jour, il rentrait à la maison en larmes. Je me rendis à son école. Prétendant que j'avais rendez-vous avec le directeur, je réussis à m'introduire dans sa classe. J'ouvris brusquement la porte. La professeure se mit à trembler et mon cousin accourut vers moi. D'une voix redoutable, je criai qu'il fallait cesser de le harceler et dis que s'il rentrait encore une fois à la maison en pleurant, je le ferais payer aux coupables, car je savais tout, j'avais leurs noms, alors ils avaient intérêt à se tenir à carreau ! Sur ce, je me retirai. Ils le laissèrent tranquille un temps, mais cela ne dura pas. Un jour, on me dit à la maison que deux jeunes hommes étaient passés me voir. Ils avaient laissé un numéro de téléphone pour que je les rappelle…

À force d'observer les clients du hall de réception, je commençai à remarquer de nouvelles têtes. Un gars aux cheveux longs, avec des sandales et un sac à dos, qui fit la tournée des bars toute la nuit et rentra en titubant, puis le lendemain s'en alla pour Damas. Deux jeunes Européennes, blondes aux yeux bleus, dont les regards équivoques de la patronne me laissaient entendre qu'elles étaient amantes ; elles passèrent le week-end dans la même chambre, y prirent leur petit-déjeuner et ne la quittèrent que pour le déjeuner. Un homme corpulent qui s'exprimait en égyptien, s'écoutait parler, riait d'un rire tapageur, parlait avec la télévision et commentait les événements. Il ne resta pas longtemps à l'hôtel.

Je revins à ma page blanche. J'essayais, je raturais, je déchirais. Je m'aperçus qu'il y avait un client qui ne partait jamais. Un septuagénaire qui se levait tôt le matin, se lavait, se rasait la barbe, et restait longtemps devant l'armoire à choisir la tenue qui siérait au mieux à son humeur – bien que l'essentiel de sa garde-robe fût dans les tons blancs. En le voyant nouer sa serviette autour de son cou, goûter une première gorgée de vin rouge en dodelinant de la tête, savourer un dessert au chocolat, on se disait qu'au cours de sa longue vie, il avait dû connaître toutes sortes de plaisirs. De temps en temps, un jeune homme à la forte carrure, qui aimait exhiber ses muscles et ses tatouages, venait lui tenir compagnie. Il se passait des jours entiers sans que le vieux pensionnaire quitte l'hôtel. Comme en début de semaine nous y résidions seuls, nous sympathisâmes. Autrefois il avait dans le vieux centre-ville – qu'en une seule nuit la guerre civile avait réduit en cendres – une bijouterie dont il n'avait pu sauver grand-chose. Il me dit : "Chaque fois que nous goûtons à une forme de prospérité, il y en a qui viennent nous la disputer et détruire ce que nous avons construit."

Ignorant ce qu'il entendait par "nous" et "eux", je préférai ne pas m'engager sur ce terrain. C'est alors qu'il me confia que la patronne me lorgnait du coin de l'œil et qu'elle était d'un abord facile, ce qui, d'après lui, devait cacher un problème. "Je ne te conseille pas de traîner trop longtemps avec elle. Dès qu'une femme qui n'est pas heureuse en mariage s'habitue à toi, elle commence avec ses jérémiades. Son idylle secrète lui rappelle toutes les occasions qu'elle a manquées dans sa jeunesse. Elle devient un boulet, et tu ne sais plus comment t'en débarrasser."

C'est ainsi qu'il en fut. Un jour où la femme de chambre était absente, la patronne frappa à ma porte en proposant de changer les draps elle-même. Elle dit que je pouvais rester, qu'elle n'en avait pas pour longtemps. Là, elle entama une sorte de danse. Se penchant par-dessus le lit, elle fit valser le grand drap blanc en l'air, avant de le replier par les côtés avec dextérité. Puis elle changea les taies d'oreiller. Elle se dandinait en me parlant. Pourquoi cette canne ? J'étais encore bien jeune… Une bouffée de vent revigorant s'engouffra par la fenêtre ouverte sur la rumeur de la rue. S'agenouillant sur le lit pour bien replier les coins du drap, elle ôta ses chaussures. Le bruit qu'elles firent en tombant sur le plancher fut un signal. Comme je m'avançais pour l'aider de l'autre côté, nous nous frôlâmes, et aucun de nous ne s'éloigna. Nous nous rapprochâmes même encore plus. Alors je me jetai à l'eau : je l'embrassai dans le cou, si profondément qu'elle laissa échapper un gémissement de plaisir qui dut s'entendre jusque dans les cafés d'en bas. Nous nous jetâmes sur le lit, où nous restâmes une heure, après quoi elle se releva et changea encore une fois les draps. Ensuite elle attendit que le rouge s'estompe sur ses joues, sa gorge et ses bras, puis descendit en courant reprendre sa place à la réception. À sa façon de procéder, il était clair que ce n'était pas la première fois qu'elle faisait cela.

J'ignore comment le pensionnaire permanent sut que nous nous étions vus dans ma chambre. Le fait est que le lendemain après-midi, il interrompit mon combat perdant avec l'écriture en me commandant un verre de vin. Il commença par m'accuser d'avoir des jambes en parfaite santé. Il m'avait bien regardé, il savait que je n'avais nullement besoin de canne. Touché par son sens de l'observation, je lui racontai mon aventure. Il dit que les plus belles rencontres avaient lieu dans les hôtels et ajouta qu'il savait lire les visages. Il cita les vers du poète :

Je reconnais les amoureux à leurs regards
*Et j'y vois les tueuses satisfaites de leurs charmes et de leurs ruses**

Il connaissait les femmes. Il avait su être leur ami. Il comprenait leurs faiblesses et leurs désirs. Sauf ceux de sa femme, plus jeune que lui, qui avait tenu à divorcer après avoir découvert qu'il la trompait, outre qu'elle en avait assez de lui laver et de lui repasser ses vêtements. C'est qu'il ne portait que du blanc : chemises, pantalons, chaussettes, tout était blanc ou crème et se salissait aussitôt. De plus, il se changeait tous les jours. Alors le linge s'entassait, causant des sueurs froides à son épouse. Sur la question de son infidélité, il avait une théorie : "C'est à cause des bijoux : que veux-tu, les neuf dixièmes de mes clients étaient des femmes !"

Il se retrouva seul. Son fils travaillait dans une compagnie à New York et ne se souciait pas de lui. Il avait une maison confortable, mais il ne voulait pas y rester seul et malheureux, ni demander à une domestique de lui faire à

---

* Vers tirés de "La Qasida de Beyrouth" de Mahmoud Darwich (traduite par Élias Sanbar dans *La terre nous est étroite*, Poésie/Gallimard, 2000).

manger. Depuis quelques années, il vivait à l'hôtel. Cette vie de vagabond lui plaisait. Il ne léguerait rien à personne, ni biens ni argent. Lorsqu'il ne serait plus capable de s'occuper de lui-même, il mettrait fin à ses jours. Il préparait le scénario idéal pour cette heure fatidique. Je crois qu'il se prit d'amitié pour moi parce que je ne cherchai pas à le dissuader de son projet.

Il me dit de faire attention avec cette femme. Son mari traînait souvent dans les chambres. Il pouvait nous surprendre et découvrir notre petit jeu. C'était un homme droit et juste, sa colère pourrait être terrible. Il aurait sûrement dans les mains des instruments tranchants. D'après lui, il devait négliger sa femme au lit, sans doute parce qu'il souffrait d'impuissance, ou parce qu'elle était du genre insatiable. "Il pourrait se venger de sa défaillance en s'en prenant à toi comme à elle. L'âme humaine est obscure, tu sais. Ma mère disait toujours : « Mieux vaut séjourner dans le cœur d'un lion que dans celui d'un homme. »" Mais je n'avais peur de rien. Depuis mon adolescence au milieu des tirs dans ma bourgade, le danger m'appelait en secret et je lui répondais, je m'avançais vers lui au lieu de fuir dans l'autre sens.

Un jour, me souvenant de mes anciens camarades, je les appelai au numéro qu'ils m'avaient laissé chez mes parents. La voix au bout du fil me demanda laconiquement si j'étais toujours fidèle à la révolution et à mes camarades. Je m'entendis répondre oui sans réfléchir. L'autre me dit que l'on me ferait parvenir des messages codés à l'hôtel où je résidais, avant de raccrocher sans un mot d'au revoir. En réalité, je m'étais éloigné de la pensée de Trotski pour m'abîmer à nouveau dans les tourments de la poésie de Goethe. Mais je ne voulais pas perdre cette amitié avec les camarades, alors j'attendis leurs messages.

Quelques jours plus tard, la patronne m'appela d'une voix forte, non sans une pointe de sarcasme et de reproche : "Une lettre d'amour pour ce monsieur qui a si bon goût !" Allusion à la jeune femme à la beauté intéressante qui était passée déposer le message à l'hôtel. S'étant permis d'en lire le contenu, la patronne avait supposé qu'il était de la plume de la messagère. Dans la fièvre de leur action secrète – dont la confidentialité ne préoccupait au fond plus personne, sachant que les armes étaient partout, que l'on tirait sans prétexte et que tous les quartiers et les barrages étaient contrôlés par des milices –, les camarades s'étaient entendus pour camoufler le corps du message à l'intérieur d'une lettre d'une tout autre teneur, mais cohérente. Cette fois-là, il s'agissait d'une déclaration d'amour éperdue signée d'un nom de femme et rédigée dans un style scolaire dégoulinant de lyrisme.

Un verre de vodka citron à la main, je me plongeai dans la missive pour la déchiffrer : la dernière lettre du premier mot, l'avant-dernière du deuxième mot, et ainsi de suite… Méthode prisée par les partisans de la révolution permanente à l'époque de la tyrannie tsariste. Après pas mal d'hésitations, je parvins à extraire de cette lettre d'amour le message suivant :

À n'importe quel prix et avant qu'il ne soit trop tard, éliminer cet homme en tête des palmarès des personnalités les plus riches auquel on a confié la reconstruction de la capitale. Il soumettra le pays à l'économie de rente, écrasera les pauvres et nous entraînera dans un mondialisme sauvage.

J'avais souvent vu cet homme d'affaires à la télévision. Il m'avait paru sympathique et généreux. Je m'arrangeai pour mettre le sujet sur le tapis avec mon compagnon à l'hôtel. Nous fûmes d'accord pour dire que, contrairement aux autres hommes de pouvoir, il inspirait confiance. Mon ami me conta certains épisodes de sa jeunesse. C'était un self-made-man. Une fois par semaine, il rendait visite à sa vieille mère au village qu'elle n'avait jamais quitté. Il lui baisait la main, faisait le bien en son nom. Mais les gens n'aimaient pas les riches, surtout quand ils exhibaient leur fortune.

Je reçus un second message, que la patronne me remit avec un surcroît de reproches. On me demandait de suivre ce qui se disait sur cet homme à la radio, de surveiller ses allées et venues et d'en prendre note. Dérouté, je m'assis pour réfléchir à une réponse que je mis des heures à rédiger. Je fis mine de me dérober à cette histoire d'amour. Je dis que j'étais lié à une dame aux yeux verts, aux lèvres exquises et à la silhouette gracieuse que je ne tromperais avec personne et que personne ne pourrait remplacer. Ainsi, en apparence, je caressais l'orgueil de la patronne, dont je me doutais qu'elle lirait la missive, et dans le texte caché, j'adressais un salut révolutionnaire à mes camarades tout en les informant que j'étais pris par d'autres affaires et que, géographiquement, je vivais trop loin de la cible.

Le contact avec la cellule fut interrompu : mon message resta entre les mains de la patronne, car la jeune femme n'était pas passée le récupérer. Personne n'en décrypta le sens caché. Le sourire revint sur les lèvres de l'hôtelière, qui dit qu'elle garderait précieusement cette lettre comme un joli souvenir de moi. Deux jours plus tard, alors que j'étais occupé à corriger les copies des contrôles trimestriels dans le hall de l'hôtel, on vit apparaître à la télévision, qui restait allumée toute la journée sans le son, un jeune homme vêtu d'un costume neuf et d'une cravate qui se tenait comme le Serbe Gavrilo Princip lorsqu'il assassina l'archiduc François-Ferdinand d'Autriche, entraînant, dit-on, le déclenchement de la Grande Guerre. Dégainant son révolver, il le vida contre la vitre de la portière avant de la voiture, à côté du chauffeur, où il pensait que l'homme d'affaires était assis. Ensuite il leva les mains en l'air pour montrer qu'il était disposé à se rendre et resta planté ainsi jusqu'à ce qu'arrivent à moto deux agents des Forces de sécurité intérieure, qui l'arrêtèrent. Le magnat était indemne parce qu'il se trouvait dans la dernière voiture à l'arrière du convoi – on dit que c'était lui-même qui la conduisait. J'étais navré de cette guigne qui poursuivait les "Trotskistes arabes", mais soulagé que l'homme soit sain et sauf.

C'est à cette époque que la professeure de philosophie sortit enfin de son silence. Contre toute attente, je trouvai un moyen d'engager la conversation, en lui demandant tout simplement ce qu'elle pensait du mariage. C'est là qu'elle me révéla son secret. Se tournant de droite et de gauche, elle dit qu'elle ne pouvait guère me renseigner sur la question parce qu'en fait, elle vivait avec sa mère et ses livres. Si elle portait une alliance, c'était pour éloigner les hommes. Cela ne l'empêchait pas de prendre soin de sa beauté et de se poudrer les joues pour rehausser son teint pâle comme celui des héroïnes de Delacroix.

Toutes les femmes que je rencontrais me détournaient de moi-même pour m'attirer vers cette mythologie qui m'habitait, tandis que ma mère, elle, me ramenait à mes origines : l'humidité de la rivière qui s'infiltrait le matin dans les maisons et donnait de l'arthrose, le professeur de mathématiques marchant sur la pointe des pieds, le père de mon ami d'adolescence sirotant son arak par une chaude nuit d'été tout en causant avec sa femme d'une certaine lignée – la mienne – qui luttait contre son sort avec sa folie, ravageuse pour elle-même, inoffensive pour autrui.

Je gardai la professeure de philosophie sous le coude. J'attendais de me délivrer de mes préoccupations pour entrer dans son monde. J'allais voir ma mère. Assis à ses côtés, je sentais sa présence et tentais de la sortir d'elle-même. Je n'arrivais pas à la faire rire avec mes anecdotes. Perdue dans ses pensées, elle fuyait le présent. Elle regardait sa sœur sans voir qu'elle imposait son style dans la maison en décorant les murs de poupées africaines. Elle ne l'entendait pas rabrouer son fils en français. Ma tante avait proposé de partager le loyer de l'appartement, mais mon père avait refusé. Évitant à ma mère de faire la cuisine, elle nous préparait des plats épicés de Côte d'Ivoire aux noms étranges. Elle s'efforçait de prendre ses marques à la maison, car elle savait qu'elle ne mettrait plus jamais les pieds au village, où elle serait livrée à l'hostilité des habitants. Non seulement ils l'accuseraient de la mort de son mari, mais ils se moqueraient d'elle avec ce petit "nègre" accroché à ses basques. Ils le verraient comme un châtiment pour celle qui avait "enlevé" un homme à sa femme et à sa fille.

Elle se chargeait de tout à la maison. Ma mère ne s'occupait plus que de ses roses jaunes et des iris du balcon. Et de temps à autre, elle écrivait – dans les pages vierges de son exemplaire des évangiles, et dans ses marges.

J'ignore ce qui me poussa à feuilleter l'ouvrage un jour où, l'ayant trouvé posé sur le canapé, je voulus relire le Sermon sur la montagne et me replonger dans des versets dont le sens m'était obscur :

> Heureux les pauvres en esprit, car le Royaume des Cieux est à eux.
> Heureux les doux, car ils posséderont la terre.

Je découvris que ma mère y avait noté d'une écriture penchée et appliquée une invocation à la Vierge Marie où elle l'implorait de me couvrir de son voile bleu pour me protéger du destin. En marge du chapitre sur la résurrection de Lazare, elle avait écrit en lettres microscopiques :

"Mon père avait peur de la mort. Il craignait que Dieu n'existe pas. Le jour de son décès, allongé sur son lit et respirant avec peine, il me demanda : « Que dois-je croire ? » Ma langue se noua d'effroi. Puis il dit : « Allons, admettons qu'Il est là-haut à nous attendre. » Et ses yeux se fermèrent pour toujours."

Comme toujours, mon père était rarement à la maison. J'ignorais s'il s'était embarqué dans une nouvelle aventure. Un jour, je passai devant son lieu de travail. Je le vis endimanché, les cheveux gominés et soigneusement peignés. À un moment, il chuchota quelque chose à l'oreille d'une jeune vendeuse qui éclata d'un rire sonore. Je me hâtai de rentrer à l'hôtel, où m'attendaient deux agents de la sécurité en habit militaire… Sans hésiter, je les accompagnai au poste pour donner ma déposition. Je trouvai là presque tous les membres de la "cellule". Nous nous embrassâmes chaleureusement. L'un des militaires nous reprocha quelque chose de pour le moins inattendu :

“Vous êtes des lâches ! On ne peut pas compter sur vous ! Vous avez envoyé en mission un jeunot qui ne sait même pas tirer !”

Je compris alors que la guerre n’était pas finie ; elle avait simplement pris une autre forme. Nous ne niâmes pas que nous connaissions le tireur. Je dis à l’interrogateur que c’était quelqu’un d’opiniâtre qui ne dérogeait jamais à ses principes. Toutefois nous déclarâmes unanimement que nous n’avions pas pris part à cette tentative d’assassinat. Quant à l’accusé, depuis le moment de son arrestation, il ne cessait de répéter qu’il en était le seul concepteur et le seul exécutant. Mais ils trouvèrent nos noms dans son répertoire téléphonique. Nous fûmes accusés de constitution de bande armée et tous placés en garde à vue dans ce même commissariat. Nous entonnâmes :

Tu peux élever tes palais sur nos champs
Avec la sueur de nos fronts et de nos mains
Tu peux lâcher tes chiens dans les rues
*Tu peux nous enfermer dans tes cachots**…

Nous échangeâmes des souvenirs et quelques nouvelles. Ils finirent par nous relâcher parce qu’ils ne savaient pas comment nous nourrir, ni nous fournir assez de paillasses pour nous faire dormir dans cette étroite cellule de garde à vue, outre qu’ils n’avaient rien trouvé

---

* Extrait d’une chanson de Cheikh Imam (1918-1995), chanteur protestataire et satyrique égyptien, emprisonné à plusieurs reprises sous Nasser et sous Sadate, qui devint le chantre de la gauche révolutionnaire et antisioniste arabe.

d'infamant à nous reprocher. On nous laissa donc partir avec une assignation à résidence. Le lendemain, des photos de nous parurent dans les pages intérieures des journaux. Nous nous y tenions en cercle, avec moi au centre appuyé sur ma canne. On aurait dit une équipe de basket.

En vérité, ce qui nous avait valu une telle indulgence, c'est que cet homme d'affaires avait des ennemis parmi les plus hautes autorités de l'État. En fin de compte, nous avions fait le jeu de gens plus forts que nous. On chuchotait que le service des Renseignements militaires avait recruté l'un des membres actifs de la cellule pour le charger de cet assassinat qui avait tourné au fiasco. Deux avocats se portèrent volontaires pour nous défendre à titre gracieux et réussirent à obtenir l'arrêt des poursuites engagées contre nous. À la suite de cela, nous nous dispersâmes. Seuls deux ou trois camarades continuèrent à traîner leur étiquette révolutionnaire.

Mes collègues de lycée apprirent ce qui s'était passé. Ils se mirent à parler à mi-voix autour de moi en me scrutant comme s'ils redécouvraient ma tête. La professeure de philosophie voulut savoir si j'avais lu le *Capital* et si je croyais au matérialisme historique. La nouvelle parvint aussi à l'hôtel, si bien que la patronne chercha à me reconquérir. Comme elle ne me lâchait pas, nous ne tardâmes pas à monter dans ma chambre. Peu après, on entendit son mari qui l'appelait dans le couloir, alors je m'arrêtai, mais elle continua, comme si le savoir derrière la porte l'excitait. Elle me murmura à l'oreille qu'il n'allait pas tarder à s'en aller et que, quoi qu'il arrive, il croyait tout ce qu'elle lui disait. "De toute façon il n'a aucun droit sur moi", trancha-t-elle.

Je rapportai ce qui s'était passé à mon ami pensionnaire. Cela confirma ses doutes : cet homme était impuissant. Il dit que tout ce que l'on avait raconté à mon sujet avait ranimé l'ardeur de la patronne ; les femmes étaient comme ça. Chez mes parents, en revanche, personne ne lisait les journaux ni ne suivait les actualités. L'état de ma mère empirait. Elle s'habillait, puis restait assise dans le salon du matin au soir. Elle mangeait à peine, malgré toutes mes tentatives pour la convaincre d'avaler quelque chose. Je décidai de l'emmener chez le médecin.

L'homme la garda presque une heure dans son cabinet. Lorsqu'elle en sortit, il me fit entrer à mon tour. Il dit qu'il allait lui prescrire un médicament à l'effet euphorisant car elle souffrait de dépression mélancolique sévère. Il me recommanda d'essayer de lui changer les idées. Je rapportai à ma tante ce qu'avait dit le médecin. Elle répondit qu'elle avait un breuvage naturel qu'on préparait en Afrique. J'insistai pour qu'elle ne la laisse pas seule et lui donnai le numéro de téléphone de l'hôtel. Plus tard, nous découvririons que ma mère faisait semblant de prendre son médicament : elle le gardait caché dans son armoire.

À la même époque, une jeune correspondante allemande du *Frankfurter Allgemeine Zeitung* passa comme un éclair. Le réceptionniste lui avait donné au hasard la chambre jouxtant la mienne, mais la patronne surgit avant qu'elle s'y installe et, prétendant qu'elle était déjà réservée, elle la déplaça à l'autre étage. Elle eut beau tout faire pour nous éloigner l'un de l'autre, nous avions eu le temps de nous parler avant qu'elle arrive, et le soir, nous continuâmes à causer avec entrain de littérature allemande, sous le regard courroucé de la maîtresse des lieux. Ma méthode pour gagner le cœur des femmes était bien rodée : je me lamentais sur mon sort. La vie n'était qu'un mirage perfide, disais-je ; partout où j'allais, partout où je posais mes bagages, je traînais le fardeau de mes désillusions. Elle était blonde, avec de larges épaules. Son appareil photo ne la quittait pas. Je déambulai avec elle entre la misère et les égouts des ruelles des camps de Sabra et Chatila. Nous vîmes les portraits de centaines de morts sur des murs maculés et une troupe d'enfants nous suivit, attirée par la présence d'une femme blonde. De là, nous descendîmes sans transition vers le nouveau centre-ville commercial, avec ses immeubles de luxe, sa mer bleue, ses lilas roses. Elle était à l'affût des contradictions : un vieux clochard devant la boutique Christian Dior ; une bâtisse marquée de toutes les cicatrices de la guerre et du passage du temps juste à côté d'une façade de banque à la vitrine étincelante. Sur le chemin du retour, nous parlâmes de Beyrouth et du phénix qui renaît de ses cendres, du Liban et du mythe de Sisyphe, entre autres allégories faciles et éculées. Elle monta à sa chambre, je m'y glissai à sa suite. Au lit, nous nous caressâmes au rythme du *Tambour* de Günter Grass et nous embrassâmes en murmurant des poèmes allemands. Prise de fou rire, elle dit “Je dois être en train de rêver !” en se frottant les yeux comme pour se réveiller. Elle décida de m'intégrer à son reportage sur la capitale. Retournant avec moi dans le centre-ville, elle me photographia le regard lointain, appuyé contre la statue des Martyrs que l'on venait enfin de réinstaller à sa place après l'avoir restaurée. Au moment de repartir, elle me dit qu'elle allait écrire un article qui s'intitulerait : “Heinrich Heine, le beau professeur et moi dans un lit d'hôtel à Beyrouth”. Le rédacteur en chef allait adorer cela. Elle envoya l'article à l'adresse du *Beyrouth-sur-Mer* après que j'eus quitté l'hôtel. Il est probable que la patronne trouva quelqu'un pour le lui traduire, que son dépit n'en fut que plus amer et qu'elle se dit que, décidément, les hommes étaient des salauds. J'imaginais qu'elle avait dû se détourner du sexe pour se rapprocher de son mari, qu'elle voyait maintenant comme un fidèle ami la préservant de la perfidie des hommes qui passaient dans cet hôtel avec une prétendue vue sur la mer, mais qui en réalité ne donnait que sur une rue encombrée de petits troquets et d'ateliers de réparation automobile.

Avec tout cela, j'étais hanté par le sentiment de délaisser l'écriture pour laquelle j'avais quitté le foyer familial. Écriture censée m'offrir un monde cohérent où j'aurais toutes les cartes en main, à l'abri de l'amertume et des vides de l'existence. En attendant, les autres – surtout les femmes – semblaient consumer ma vie et se l'offrir en partage. C'est à peine si je pus ajouter quelques pages à ce journal que j'avais commencé à rédiger au café sur le cours des jours et les couleurs des saisons, émotions que j'assemblai dans l'histoire d'un jeune homme qu'attristaient le flétrissement des fleurs de jacaranda et les regards trop tôt éplorés d'une jeune fille… Un jeune homme qui, de sa fenêtre, regardait avec inquiétude les enfants jouer au boomerang dans la rue et rêvait de se débarrasser de ses livres parce qu'il voulait affronter la vie à mains nues, seul, les yeux dans les yeux. Frêles détails qui en disaient peut-être plus sur moi que les activités de notre cellule révolutionnaire ou que mes aventures galantes, lorsque les femmes défilaient dans ma chambre au *Beyrouth-sur-Mer*. Au demeurant, il ne m'était pas bien difficile de les séduire dans cet hôtel de passage où elles perdaient leurs repères et où je donnais l'impression de faire partie des lieux. Il n'était pas rare que je leur résume les mystères de l'Orient dans leur langue maternelle. Pour ma part, elles me servaient de paravents : elles m'aidaient à oublier le trou noir de mon existence. Une grande Suédoise qui étudiait l'arabe dans les livres et voulait l'entendre dans la bouche des gens du cru – en débarquant à Beyrouth, elle était restée perplexe devant ses hiéroglyphes. Dans ma chambre, elle s'était approchée du tableau d'Antar et avait effleuré de ses doigts les vers calligraphiés en disant : "Les musulmans ont sans doute raison de dire que Dieu a révélé le Coran en arabe…" Une Française d'origine maghrébine née dans la banlieue parisienne pour laquelle je traduisais les paroles des chansons d'Oum Kalsoum pendant que nous étions allongés nus sous la couverture – elle avait l'impression de revenir à ses racines, qu'elle ne connaissait pas. Une archéologue turque qui prenait part à l'exploration de la Beyrouth romaine. Nous nous contentâmes de tête-à-tête intimes dans le hall de l'hôtel : elle ne buvait pas d'alcool et ne m'invita pas à monter dans sa chambre. Je la soupçonnais d'y cacher des poteries trouvées sur ses chantiers de fouilles, qu'elle emporterait incognito à Istanbul.

Toutes ces passades, où je me conduisais pour ainsi dire en gourgandine, achevèrent de désespérer la patronne, qui finit par comprendre qu'elle ne vivrait jamais le grand amour avec moi. J'ignore quelle chimère elle avait poursuivie en s'attachant à moi, et quel avenir une femme mariée pouvait entrevoir dans un flirt avec un homme aussi jeune. Elle cessa de s'intéresser à moi et se mit à faire des messes basses avec son mari. Son mari qui semblait subitement s'être rendu compte de ma présence, moi qui avais toujours évité de le regarder dans les yeux pour ne pas attirer son attention. Un jour, le pensionnaire permanent vint me trouver tout de blanc vêtu, une cravate rouge autour du cou, pour m'emmener faire un tour dans le quartier. C'est là qu'il me dit que le patron lui avait demandé de m'informer qu'il ne voulait plus me voir dans son établissement : il ne tenait pas à ruiner son couple ni son affaire. "Sa femme lui a dit que tu la harcelais. Elle est jalouse, elle veut te punir d'être allé voir ailleurs."

C'est ainsi que l'épisode du *Beyrouth-sur-Mer* tourna au vinaigre. Je n'imaginais pas qu'un autre hôtel cosmopolite puisse m'accueillir. À la maison, ma mère avait commencé à se plaindre de maux de tête que les antalgiques habituels ne réussissaient pas à calmer. Je demandai à mon ami de prier le patron de m'accorder un sursis d'une semaine, le temps que je trouve une solution.

UN ASSYRIEN TEMPORAIRE

Les choses s'accélérèrent. Comme moi, la professeure de philosophie du Bon Pasteur traversait un passage à vide. Nous avions besoin d'une main qui nous tire vers le haut. Sur l'insistance de mon ami, je quittai l'hôtel de la rue d'Arménie pour me réinstaller chez mes parents. Je m'asseyais près de ma mère et l'encourageais à parler, mais elle ne disait presque rien. Elle se fanait, elle mourait sous nos yeux, et nous ne savions pas comment la retenir. Nous retournâmes voir le médecin ; il ne trouva rien d'inquiétant dans les résultats des analyses qu'il avait demandées. Mais elle sentait quelque chose. Elle savait ce qui l'attendait. Elle disait à sa sœur : "Quand je m'en irai, tu prendras soin de mon mari et de mon fils." Et quand ma tante lui demandait en plaisantant, histoire de détendre un peu l'atmosphère, où elle comptait aller, un petit sourire ironique se dessinait sur les lèvres de ma mère.

Nous ne pensions pas au mariage, ma collègue et moi, lorsque nous sortions marcher en traînant de rue en rue pour faire durer la conversation. Nous étions deux esprits abstraits. Nous échangions des propos sur la littérature, ma seule référence pour analyser les choses et les mystères de ce monde, et sur la philosophie, mère de toutes les sciences, disait-elle. Je ne lui posais pas de questions sur sa famille ni sur son lieu de naissance. Je la préférais de source inconnue, venue de nulle part. Elle aussi se désintéressait de ce que j'avais pu vivre avant de la rencontrer. Nous évoluions dans une bulle de pensées, comme si nous venions de sortir tout propres du ventre de nos livres. Elle n'aimait pas les cafés, elle ne supportait pas les gros balourds assis là avec leur bedaine qui pendait. Alors nous continuions à marcher, et avant de nous séparer, nous nous entendions pour poursuivre le lendemain cette causerie sans fin et à bâtons rompus. À dire vrai, nous menions une sorte de joute : chacun étalait sa culture en égrenant moult noms propres et titres d'ouvrages, sans compter toutes les citations que nous débitions de mémoire pour étayer notre propos. La parole compensait la distance physique. Nous ne nous embrassions pas, ne nous prenions pas la main, ne nous caressions pas… Je veillais à maintenir cette distance entre nous, au point de m'excuser lorsque je la frôlais sans le faire exprès, lui arrachant un sourire signifiant qu'elle avait bien compris mon petit jeu. Avec elle, je me promettais une histoire différente qui nous sauverait de la répétition ; mais ce qui se passa fut pire que tout ce que je craignais. Nous restâmes près de deux mois dans cet état de suspens, entre discussions et flâneries, à nous délecter du flot de nos pensées tout en retardant la réjouissance de nos corps. Jusqu'au jour où je commis la plus grosse bêtise de ma vie.

Nous marchions dans la rue Sursock, le long de ce palais de l'époque ottomane caché derrière des cerisiers japonais, quand je m'arrêtai pour lui demander d'un ton solennel et quelque peu affecté : "Madame, accepteriez-vous de vivre avec moi ?" Elle me répondit du tac au tac, sur le même ton : "Si la question t'intéresse, sache que je ne considère pas le mariage comme un lien sacré." J'éclatai de rire et déclarai en toute sincérité que j'étais bien d'accord avec elle sur ce point.

Elle dit à sa mère que j'étais fils unique, beau et cultivé. J'ignore laquelle de ces épithètes fut la plus convaincante, toujours est-il que sa mère accepta, à condition que nous nous mariions "selon la loi de Dieu". Quelques jours plus tard, elle me demanda : "Où aimerais-tu que nous habitions ?"

Sa question nous fit retomber sur le plancher des vaches. Elle qui s'enflammait pour l'idéalisme hégélien et moi qui prêchais un mélange unique de marxisme dialectique et de poésie hermétique, voilà que soudain, nous nous trouvâmes à comparer les loyers des appartements à l'intérieur et à l'extérieur des limites administratives de la capitale et à débattre du choix de la marque du lave-linge ou de la gazinière. Nous étions tour à tour d'accord puis pas d'accord. Une chose est sûre, nous divergions sur la question de savoir s'il nous fallait deux chambres à coucher séparées, une pour chacun de nous. De surcroît, nous nous demandions ce que sa mère allait devenir sans elle.

Les petites choses de la vie et les chamailleries se multiplièrent. Je ne me souviens plus quel moment, quel détail, instilla le poison de la discorde entre nous. Le fait est qu'un nuage noir revint flotter au-dessus de ma tête. Le monde avait beau se déployer devant mes yeux, j'étais rétif, comme une bête qui refuse d'avancer ; je me traînais.

Vinrent les préparatifs de la noce. En sobres intellectuels n'ayant pas le goût des apparences, nous nous mîmes d'accord sur une petite fête limitée à la famille et aux amis proches. Elle insista seulement sur la robe blanche et les deux enfants d'honneur qui porteraient la traîne. De mon côté, je proposai mon jeune cousin africain. C'est là qu'elle sortit un nouveau lapin de son chapeau : "Au fait, je suis musulmane."

Ni son prénom ni son nom de famille ne permettaient de deviner sa religion : ils auraient pu convenir à toutes les confessions de ce pays de livres sacrés. Ce n'était pas comme moi, qui traînais depuis ma naissance le prénom de mon grand-père paternel, celui du plus célèbre apôtre de Jésus-Christ, qui fut crucifié la tête en bas parce qu'il s'estimait indigne d'être comparé à son maître. Elle était d'accord pour que nous nous mariions à l'église, mais pas pour changer de religion. Elle érigeait des barrières, et moi je sautais par-dessus : je lui dis que je ne la voulais ni vierge ni chrétienne ; j'étais même prêt à l'accompagner au tribunal chiite "jaafarite" pour signer le contrat de mariage. Brandissant les dernières directives du patriarcat, le prêtre maronite refusa de marier un chrétien à une musulmane. Le cheikh chiite ne fut pas plus conciliant. Alors nous recourûmes aux services de la communauté assyrienne, dont les prêtres autorisaient les mariages mixtes. J'embrassai cette confession en répondant oui à une seule question que me posa l'évêque du Mont-Liban. Après le mariage, je pourrais retourner à ma confession d'origine, tandis que ma femme resterait telle qu'elle était : une chiite duodécimaine du quartier Baydoun à Beyrouth.

Ma famille arriva à l'église dans un taxi rouge – quatre personnes en tout et pour tout avec le soutien de la Côte d'Ivoire. Ma tante avait accroché tout un tas de ballons de couleur à l'antenne de la radio. Mon père était tel que je le connaissais : satisfait de la beauté de la mariée. Il la regardait, puis se tournait vers moi en opinant du chef, façon de me signifier qu'il admirait mon choix. Ma mère, qui s'était faite belle, était contrariée que je me marie – elle avait toujours cherché à m'en dissuader. Les proches de la mariée vinrent dans trois voitures. Ils en descendirent en se chuchotant des choses avec brusquerie et en faisant de grands gestes – sans doute se querellaient-ils au sujet du mariage. Deux femmes portaient le voile. L'une d'elles entra dans l'église, l'autre n'y mit pas les pieds, elle attendit à l'extérieur. C'est seulement ce jour-là que j'appris que le père de la mariée – un calligraphe de renom – était décédé. Elle rapporterait à la maison un souvenir de lui, un tableau sur lequel était calligraphié en lettres géométriques :

Plein, l'épi de blé s'incline avec humilité
Vide, il dresse orgueilleusement la tête

Un certain nombre de professeurs du lycée du Bon Pasteur se présentèrent sans invitation avec leurs femmes, vêtus de costumes-cravates pour l'occasion. Au dernier moment, on vit entrer également trois anciens camarades de la cellule révolutionnaire. J'ignore comment la nouvelle leur était parvenue et comment ils avaient su pour l'église. Ils restèrent debout à l'entrée, près du bénitier, les bras croisés, pour que l'on ne puisse pas dire qu'ils avaient visité une église, eux qui croyaient à l'Histoire et au Devenir et niaient l'existence d'un dieu créateur. J'allai à leur rencontre. Ils me dirent qu'ils n'étaient plus que de simples amis, que la plupart des membres de la cellule avaient fini par se convaincre que notre pays avait l'économie qu'il méritait, et que certains d'entre eux s'étaient même reconvertis dans les affaires.

Ainsi, ce jour-là, musulmans et athées – mariés inclus –, composaient l'écrasante majorité de l'assistance de l'église assyrienne Mar Gewargis*, près du Musée national. Mon témoin était en retard. J'avais choisi mon ami du *Beyrouth-sur-Mer*, dont je doutais que lui aussi soit d'une foi très stricte – par la suite, il m'apprendrait qu'il était protestant, parce que son père, né orthodoxe, était allé à l'école chez les évangéliques, puis avait embrassé leur confession pour que ses enfants puissent s'inscrire gratuitement à l'Université américaine. Nous faillîmes le remplacer par l'un de mes collègues de lycée qui voudrait bien se dévouer, quand soudain il arriva tout essoufflé, juste avant le début de la cérémonie, en disant que le chauffeur de son taxi s'était emmêlé les pinceaux : il l'avait emmené à une église chaldéenne dans un tout autre quartier.

À l'exception du prêtre et de son diacre à la voix mélodieuse, qui répéta que les prix étaient fixes aussi bien pour les baptêmes que pour les enterrements et les mariages lorsque nous négociâmes la somme à payer, j'étais le seul Assyrien de l'assemblée – à titre temporaire. Par la suite, je négligerais de revenir à ma confession d'origine parce que l'on m'avait dit que la procédure était compliquée et qu'il fallait des années pour qu'elle aboutisse. Je deviendrais donc l'unique Assyrien de ma bourgade. Le jour où j'eus besoin d'un nouvel acte d'état civil mentionnant le nom de mon épouse, l'officier se souvint de moi – on disait qu'il avait repoussé son départ à la retraite en falsifiant sa date de naissance, de sorte qu'il s'était rajeuni de cinq ans. Il me dit : “C'est pas

* Saint-Georges.

toi, le communiste ? Alors, comme ça, maintenant t'es assyrien ! Tu passeras le bonjour à ton père."

Mon cousin fut la vedette de la noce. Je songeai que son père biologique était peut-être animiste, ce qui ajoutait encore au multiconfessionnalisme de cette petite cérémonie que nous avions voulue intime. La jeune fille choisie par la mariée pour tenir l'autre côté de sa traîne lui lançait des regards apeurés – c'était la première fois qu'elle voyait un Noir de près. Pendant toute la messe, ma mère resta assise à pousser des soupirs de fatigue. Mon épouse demanda au prêtre de lire un extrait du *Prophète* de Gibran qu'elle avait recopié à la main sur une feuille de papier. Un passage m'interpella chez cet écrivain resté célibataire :

> *Mais laissez l'espace entrer au sein de votre union. Et que les vents du ciel dansent entre vous*.*

Il y avait dans le choix de ce texte une ironie que seuls les jours à venir allaient révéler. Puis le prêtre dit un petit sermon dans lequel, sans doute parce que la mariée et moi étions de confessions différentes, il parla de la cohabitation et de la diversité comme sources de richesse culturelle et sociale. Il digressa un peu sur l'idée d'un Liban "message**", puis nous sortîmes dans la cour, où venait d'arriver un photographe qui disposa l'assistance autour

---

* Khalil Gibran, *Œuvres complètes*, traduction d'Alexandre Najjar et Jean-Pierre Dahdah, Robert Laffont, 2006.

** Allusion à une lettre du pape Jean-Paul II adressée aux évêques catholiques en 1989, peu avant la fin de la guerre civile libanaise, dans laquelle il déclarait : "le Liban est plus qu'un pays, c'est un message de liberté et un exemple de pluralisme pour l'Orient comme pour l'Occident."

de nous. Plus tard, nous fîmes encadrer la photographie pour l'accrocher dans la cuisine de notre nouvelle maison, à côté de celle où je posais enfant avec ma tante paternelle, le chien et le général de Gaulle. Sur celle de la noce, ma tante maternelle portait une tenue fort déshabillée faite pour le climat de la Côte d'Ivoire, et mon ami de l'hôtel, qui sentait le parfum de luxe, me chuchotait à l'oreille : "Si tu m'avais consulté, je t'aurais déconseillé de te marier." Il avait un nœud papillon autour du cou et un mouchoir sortait de la pochette de sa veste. La professeure de philosophie et moi souriions au centre de l'assemblée. Les ex-camarades révolutionnaires, qui n'avaient que faire des mondanités, étaient en jeans et en chemises légères, et c'est par simple complaisance qu'ils avaient consenti à poser devant l'objectif du photographe, usage que d'une manière générale ils méprisaient. Certains des proches de la mariée avaient la mine crispée. Les femmes étaient très couvertes et les hommes, dans leur transition entre la campagne et la ville, avaient presque tous la moustache et portaient des pantalons larges ou des chemises sans col. Un drôle d'assortiment. Ce jour de noces fut le seul jour joyeux de notre "vie conjugale".

Une vie qui commença par la mort de ma mère. Ce jour-là, mon père se leva comme d'habitude pour aller au travail. Mon cousin ajusta son sac sur son dos et partit pour la corvée du collège, tandis que sa mère sortit faire des courses. Ma tante ne cesserait de répéter qu'elle regrettait de l'avoir laissée seule, et moi, je m'en voudrais de ne pas avoir tout fait pour la sauver, alors que je savais qu'elle n'en avait plus pour longtemps. Elle avait sorti ses calmants de l'armoire et avait tout avalé. Les jambes relevées sur son fauteuil, la tête reposant sur un oreiller, elle s'était couverte d'un plaid et s'était endormie à jamais. Elle était partie retrouver ses parents et son innocence.

Ma tante revint du marché. L'apercevant à sa place habituelle, elle entra poser ses sacs dans la cuisine. Elle l'appela, mais elle ne répondit pas. Depuis quelque temps, il lui arrivait de ne pas réagir même quand elle avait entendu. Ma tante s'affaira à préparer le déjeuner. Un silence parfait régnait dans le salon. Elle finit par aller vers elle. Elle la croyait endormie. Elle regarda son visage contracté – ma mère avait dû souffrir avant de rendre l'âme. Quand elle lui secoua l'épaule, son corps pivota. Elle ne respirait pas. Ma tante lâcha un cri dont l'écho se répandit dans tout l'immeuble. Puis elle ouvrit la porte et sortit comme une folle en hurlant au secours tout en lançant des youyous africains. Elle n'allait pas rester seule avec sa grande sœur qui gisait là inanimée…

Comme le jour de la noce, nous montâmes dans une seule voiture qui suivit le corbillard jusqu'au village. Là-bas, nous priâmes pour son salut en présence d'un groupe de gens venus nous voir après cette longue absence. Nous l'enterrâmes à côté de son père et de sa mère, comme elle le souhaitait. Mon épouse était venue avec nous. Silencieuse, elle garda le visage fermé tout le long du trajet et des obsèques. Ma tante n'avait pas osé nous accompagner : elle craignait la famille de son mari, qui ruminait sa vengeance et attisait la haine de sa fille à son égard.

Le prêtre rendit à ma mère un hommage dans lequel il fit l'éloge de sa foi et de son dévouement à sa famille ; il n'évoqua pas les circonstances de sa mort. Nous l'accompagnâmes au cimetière, contrairement à la coutume des gens de la bourgade, qui ne visitent leurs morts qu'une fois par an, au début du mois de novembre.

En fin de journée, quand nous rentrâmes abattus à la capitale, j'ouvris son évangile. Je trouvai ces mots sur la dernière page : "Le ciel est obscur et le diable règne sur le monde. La pluie cessera de tomber pour châtier les pêcheurs. Le paradis, c'est l'enfance."

Pour la deuxième fois de ma vie d'adulte, je pleurai. Je pleurai beaucoup. Chaque jour, j'attendais que mon épouse soit partie au lycée pour éclater en sanglots. Arpenter la maison en pleurant bruyamment m'apaisait – je crois que je pleurais aussi sur mon propre sort. Jusqu'à aujourd'hui, je la revois devant moi avec ses regards perdus, comme si, dérivant sur un radeau fouetté par les vagues, elle lançait un appel à l'aide depuis une mer sans pitié. De ses affaires, je n'avais pris que l'Évangile et ce chapeau rehaussé d'une plume noir et jaune. Après avoir lu ce qu'elle avait écrit, mon inquiétude se changea en frayeur. Je craignais que ce penchant pour le malheur ne vienne pas des aléas de notre existence mais d'une chose que nous portions en nous, dont nous ignorions quand elle se manifesterait et que nous ne pouvions maîtriser. Je me demandais si ma vie tout entière n'avait pas été qu'une tentative de dompter cette chose-là. Ma mère et moi partagions ce fardeau. Après son départ, je sentis que tout le poids retombait sur moi. Je devins extrêmement sensible. Je piquais des colères dès qu'on me tenait tête. Au lycée, je ne supportais plus les fauteurs de troubles. Les âneries des adolescents m'exaspéraient. Je leur hurlais à la face, on m'entendait jusque dans le bureau du directeur, qui accourait à ma rescousse. Mais un jour, un élève imita ma façon de parler – je ne roulais pas les *r*, je les grasseyais comme un Français de souche. Ses camarades s'esclaffèrent et ce fut le tohu-bohu. Je menaçai le pitre en agitant ma baguette, mais me retins de le frapper avec et me contentai de lui asséner une gifle qui ramena aussitôt le calme dans la classe. Le directeur me convoqua pour me rappeler à l'ordre. Je démissionnai en échange d'une maigre indemnité. Il me restait mes projets d'écriture et les intérêts du compte bancaire de ma tante paternelle – jusque-là, j'avais réussi à ne pas toucher au capital initial.

L'agent immobilier nous avait emmenés prospecter loin du centre de Beyrouth, où les loyers étaient devenus exorbitants. C'est ainsi que la ville nous chassa aux confins de la banlieue est. Nous trouvâmes un rez-de-chaussée. Devant, un pin ployait son cou avec tristesse, rescapé de l'urbanisation qui gagnait les collines enserrant la capitale. Je me souvins de ce que disait mon ami péripatéticien sur ces faubourgs est qui accueillaient les nouveaux arrivants des campagnes chrétiennes. Voilà que nous le contredisions, nous qui nous y étions exilés depuis le cœur de la capitale, avec notre cargaison de livres et de tableaux, elle chiite, moi maronite devenu assyrien.

En soi, cette vieille maison restaurée et réagencée nous convenait. Il y avait deux chambres à coucher et une grande pièce. Mais dès le premier jour, nous divergeâmes sur la façon dont nous allions meubler cette dernière. J'ignore comment notre cohabitation se transforma en une guerre quotidienne et sans répit. Elle ne voulait pas du tableau d'Antar et Abla, qu'elle trouvait naïf, alors je l'accrochai au mur de ma chambre. Elle refusa l'idée d'une table de billard et de deux fauteuils en cuir chesterfield. Le cuir était froid et le billard ne l'intéressait nullement. Elle aimait les tapis et les rideaux épais, l'ombre et la pénombre, or moi, je préférais la lumière et les grands espaces dégagés. Pour finir, nous décidâmes que chacun ferait ce qu'il voulait dans sa chambre et que nous laisserions le grand salon vide jusqu'à ce que nous tombions d'accord sur la façon de l'aménager. En attendant, si j'y mettais une chaise pour m'asseoir, je la retrouvais sur le balcon ou dans la cuisine. Nous nous chamaillions un moment, puis nous nous calmions. Mais après la mort de ma mère, nous commençâmes à nous disputer sur tout. La moindre suggestion, la moindre couleur. Au lycée, nous nous évitions. Puis à l'automne, à la rentrée des classes, elle changea d'établissement et je quittai l'enseignement. Sans m'en parler, elle s'acheta une voiture avec ses économies. Pendant plus d'un mois, nous vécûmes une sorte de mariage blanc. Je n'étais pas pressé. Puis nous fîmes l'amour quelques fois, toujours après une scène de ménage assez vive où nous avions failli en venir aux mains. Je ne me calmais pas avant d'avoir fracassé l'un de nos objets précieux : un vase de cristal qui faisait partie de son trousseau, ou notre photo de mariage, que je brisai lors d'une crise de nerfs, avant de la jeter par le balcon. Les pneus des voitures qui passaient dans la rue n'en laissèrent aucune trace. Malgré cela, il arrivait que les choses s'achèvent dans sa chambre, sans passion, histoire de consommer notre mariage, voilà tout. Ensuite je retournais dans ma chambre à moi, où je passais la nuit seul. Nous mangions des plats tout prêts et insipides. Il était rare que nous nous asseyions ensemble à la table de la cuisine. Nous ne nous adressions presque plus la parole. Nous nous contentions de quelques mots sur les questions pratiques de notre vie commune.

Un jour où je me tenais à un croisement à attendre un taxi pour me rendre à la librairie que je m'étais mis à fréquenter, je la vis au volant de sa voiture. Je crois qu'elle me vit aussi, mais elle détourna la tête. Elle n'était pas seule ; un homme était assis à côté d'elle. Le soir, lorsque nous nous retrouvâmes à la maison, je ne lui posai pas de question. Je me dis que c'était sûrement un collègue de son nouveau lycée. Mais je les aperçus une autre fois ensemble par hasard. Cette fois, c'était lui qui conduisait la voiture et elle était assise à ses côtés. Puis elle se mit à recevoir des appels privés sur son téléphone portable, qu'elle s'était procuré très tôt, sans doute pour faciliter la communication avec son nouvel ami, ou amant. Elle attendait de sortir devant la maison, à l'ombre du pin, pour répondre. Elle parlait longtemps, puis rentrait silencieuse, préparant sa réponse à une question que jamais je ne m'abaissai à lui poser.

Je revis mon ami de l'hôtel. Il m'offrit un cigare de luxe et un verre de cognac dans un grand restaurant. Il estimait que sortir dans un bel endroit, dans une tenue élégante, incitait aux confidences intimes, et préférait s'entretenir avec une seule personne à la fois, parce qu'à plusieurs, la conversation se noyait dans des banalités. Nous restâmes un moment à apprécier le silence, puis il me dit que la patronne du *Beyrouth-sur-Mer* était toujours assise à la réception. Mais l'endroit avait perdu son charme et de moins en moins de journalistes y séjournaient. Il le voyait comme un hôtel de guerre : quand la situation était calme, comme à cette époque-là, il perdait ses clients étrangers amateurs de villes meurtries. C'était la seule personne à laquelle je pouvais parler de mes déboires conjugaux. Il me dit que, comme lui, je n'étais pas fait pour le mariage, et me conseilla de réfléchir à un moyen de me tirer du bourbier dans lequel je m'étais fourré. "La vie est un traquenard, alors si en plus tu y rajoutes le mariage !"

J'allai jusqu'à lui confier mes doutes sur le comportement de ma femme. J'eus l'impression qu'il s'y attendait. Il proposa de la surveiller. Plusieurs jours de suite, il se posta sur le trottoir en face du lycée pour observer ses mouvements. Il revint en disant qu'elle était amoureuse d'un autre homme qui la retrouvait chaque jour à la sortie du lycée. Ses conclusions me soulagèrent : au fond, cette défaite sortait ma vie de sa sombre monotonie. À nouveau, il m'incita à la quitter : "Un jour, elle viendra te dire qu'elle est enceinte alors que tu ne l'as pas touchée depuis des mois."

Je répliquai qu'il ne m'intéressait pas de devenir père et que je n'étais pas jaloux. Je ne l'avais d'ailleurs jamais été. C'était comme si cet homme qu'elle retrouvait après le travail me délestait d'un poids que je ne voulais pas assumer. Il m'arrivait même d'être excité par son infidélité et d'avoir soudain envie de coucher avec elle à un moment de la journée. À vrai dire, je ne me rendais pas compte que j'étais en partie responsable de ce qui se passait entre nous : elle était convaincue de sa beauté et de son sex-appeal, or elle avait épousé un homme qui lui avait trouvé une place sur les tableaux de la mythologie grecque, mais qu'elle ne parvenait même pas à émouvoir. De surcroît, pour une professeure de philosophie préparant une thèse sur l'éthique chez Schopenhauer, ma froideur était un affront tout à fait intolérable.

Délivré de l'enseignement, je revins à mes velléités d'écriture. Je dessinai dans ma tête, et uniquement dans ma tête – moi qui venais de me marier –, les traits d'un jeune personnage vivant seul à l'étage supérieur de la maison de ses parents. Il n'ouvrait la porte à personne, on lui montait ses repas à l'aide d'un panier attaché à une ficelle. Il jouait aux échecs contre l'ordinateur *Deep Blue*, réputé imbattable. Il avait beau ne jamais gagner, il persistait à essayer. Les murs de sa chambre étaient couverts de dessins de Sisyphe poussant son rocher jusqu'au sommet de la montagne, avant qu'il ne dégringole à nouveau sur la pente. Je projetais d'écrire, mais je n'écrivais rien. Tous les personnages que je concevais étaient masculins. De jeunes marginaux, sans amie ni compagnon, qui avaient choisi leur solitude. J'étais capable de dessiner les couleurs de leurs vêtements et leurs moindres détails, mais les turbulences incessantes de ma vie m'ôtaient le loisir de les mettre en forme dans un arabe qui satisfasse mon éloquence, alors mes projets demeuraient à l'état de brouillons imaginaires.

Je passais des heures dans la Librairie Arabe à renouer avec mes premières amours. J'achetais toujours plus de livres, notamment des rééditions d'ouvrages anciens. Ma chambre en était pleine à craquer. Un jour, je trouvai sur une étagère de la librairie un album de photographies aériennes du Liban, de la montagne à la côte, tout en couleurs, publié par le Service géographique de l'armée. Le feuilletant, je tombai sur un cliché de ma bourgade. On y distinguait très clairement ses constructions, sa rivière, ses vergers, son église, ses ruelles. J'y reconnus même sans peine les différentes maisons où nous avions vécu et je vis le cimetière où j'avais enterré ma mère. Je fus pris d'une nostalgie à laquelle je ne m'attendais pas. Je me souvenais encore de la joie que j'avais ressentie en partant de là-bas et du cri de liberté que j'avais lancé vers le ciel. Voilà que la mort de ma mère m'avait réconcilié avec ce patelin que personne n'aimait. J'achetai l'ouvrage et l'emportai chez moi.

Je me résolus à la confrontation. J'allais me battre. Installant une grande table au milieu du salon désert, j'y posai l'album et l'ouvris à la page correspondant à notre village. Je prévins ma femme : elle n'avait pas intérêt à toucher à quoi que ce soit. Elle haussa les épaules sans rien dire, puis tourna le dos pour se retirer dans sa chambre, façon de signifier son désaccord. Rien que pour la défier, j'allais confectionner une maquette de ma bourgade. Je fis le tour des marchands de bricolage pour acheter des scies, des règles, du bois, des pots de peinture de toutes les couleurs, des clous de toutes les tailles, des marteaux, des tournevis, de la colle en tous genres. Je trouvai aussi des briques miniatures pour faire les toits de tuiles des vieilles maisons en pierre des notables. Lorsque je passai à la phase de réalisation, j'eus besoin de figurines de passants, de voitures, d'un tracteur, de camions, d'une croix pour le dôme de l'église, et de film transparent d'un ton bleuté pour l'eau de la rivière. À l'aide de sacs de sable, je bâtis la colline sur laquelle reposait le village. Je tentai aussi de reproduire la noria qui tournait lentement près d'un café – la seule chose qui attirait chez nous quelques visiteurs. Cela me prit une semaine entière. Couvrant le sol d'herbe artificielle, j'y fis courir la rivière, que je bordai de ces vergers dont les propriétaires ne cédaient jamais un arpent et dont ils prenaient soin comme de leurs enfants. Je les plantai de mûriers et d'oliviers, je traçai les chemins et les ruelles, tels que je les connaissais, et m'ingéniai à reproduire le vieux quartier, avec ses boutiques adjacentes aux murs mitoyens, que l'on disait "bagdadiens". J'en arrivai aux maisons où nous avions vécu. Je restai des jours entiers à coller, scier, mesurer. Je ne voyais pas le temps passer. Quand l'aube se levait, j'étais encore en train de travailler sur ma maquette. Je repérai l'emplacement du lycée qui servait de point de démarcation entre les combattants, de la boucherie dont le patron avait été tué devant sa bête égorgée, de la boutique de tissus et de mercerie d'où cette jeune fille à la voix d'homme me jetait des regards de braise, de la maison du cousin de ma mère, le professeur de mathématiques dont on n'avait plus eu de nouvelles après son transfert dans un hôpital psychiatrique que jamais je ne parvins à localiser – bien que l'on ait pu dire qu'il se trouvait quelque part dans la banlieue est, là, peut-être même dans le voisinage de notre maison. Sur le clocher de l'église, je trouvai même un moyen de reproduire l'horloge offerte par un compatriote en exil, qui sonnait les heures.

Un jour, je sortis rendre visite à mon père et à ma tante. Ils n'étaient pas là. Je m'assis dans le fauteuil où s'asseyait ma mère, et j'attendis qu'il se passe quelque chose qui me ramène à elle. Ma tante arriva. Elle me serra contre elle avec une ferveur à laquelle je ne m'attendais pas. À présent, elle était la maîtresse des lieux. Elle voulait que je reste déjeuner, mais une voix me pressait de rentrer. Au retour, je ne trouvai pas ma femme à la maison. Mon village était en mille morceaux. Elle n'avait rien laissé intact. Pas le moindre petit détail. Elle avait dû s'arrêter sur chaque pièce et la briser à coups de marteau ou la déchiqueter aux ciseaux, avant de tout flanquer par terre. Je m'imaginai cette scène de violence et de vengeance. Je l'attendis ma canne à la main, en caressant son pommeau.

La nuit tomba. Je restai debout dans le noir, aux aguets, incapable de m'asseoir, sans allumer une lampe. Les bruits de moteur des voitures et les voix des voisins me parvenaient. Enfin, j'entendis le cliquetis de la clé dans la porte. Je me tins prêt. Elle entra, alluma la lumière du salon et, sans me dire bonsoir, passa devant moi avec ses talons hauts en évitant de marcher sur les débris de la maquette. Je la frappai de toutes mes forces. Elle hurla comme un animal blessé. Je lui assénai un second coup qui lui cassa le bras en deux endroits. Elle tomba en avant ; son visage se couvrit de sang en se fracassant contre toutes ces matières tranchantes.

J'appelai la Croix-Rouge. Elle gisait par terre en gémissant de douleur. Lorsqu'elle ouvrit la bouche, ce fut pour dire que j'étais la pire chose qui lui soit arrivée dans sa vie. J'étais l'ange du Mal, le cavalier de l'Apocalypse, je l'avais attirée dans mes filets et arrachée à sa solitude pour la détruire. À cet instant-là, nous aurions pu reprendre nos discussions philosophiques si les secouristes n'étaient pas entrés pour la transporter à l'hôpital, tandis qu'elle hurlait chaque fois qu'elle bougeait le bras.

Je ne m'enfuis nulle part. Je restai à la maison à attendre mon sort, assis par terre contre le mur, la tête entre les mains. On frappa à la porte au point du jour, à l'heure où le rossignol gazouillait dans le pin. Un officier de la Sûreté de l'État se présenta accompagné de deux agents. Ils dirent qu'un mandat de recherche et d'investigation avait été émis à mon encontre. Ils me passèrent les menottes et m'emmenèrent en silence vers une jeep garée dans le quartier. Je me souviens que je n'étais pas affligé par ce qui m'attendait, et qu'il soufflait un vent agréable ce matin-là.

LA MÉLANCOLIE

En garde à vue, je reçus la visite de quatre personnes en deux jours.

D'abord ce fut le juge d'instruction, qui s'assit au bureau et me demanda de rester debout pendant toute la durée de l'interrogatoire. Il s'adressait à moi sans me regarder, en fumant des Lucky Strike. Il en allumait une nouvelle aussitôt qu'il en avait éteint une autre dans un cendrier qui ne tarda pas à être rempli à ras bord – ces cigarettes américaines étaient les préférées des jeunes du village, qui les gardaient dans la poche de leur chemise de soie transparente. Les sans-le-sou se contentaient d'en acheter trois qu'ils fumaient au compte-goutte dans la journée pour séduire les filles, les cheveux lustrés à grand renfort de brillantine.

Le juge commença d'un ton aimable. Il dit qu'il connaissait ma bourgade et le caractère difficile de ses habitants. Il me demanda s'ils avaient toujours le goût de la vendetta et des injures corrosives, avant de s'essayer à imiter assez piètrement une insulte aux mères à connotation sexuelle.

Mais au bout de quelques minutes, il retrouva son sérieux et me lança avec un rictus nerveux : “Vous vous imaginiez que l'État était impuissant et que le pays allait à la dérive ? Vous croyiez que la justice serait la dernière à savoir ce que vous avez fait ?" On aurait dit qu'il poursuivait avec moi une discussion entamée avec d'autres. "Eh bien non, monsieur, répliqua-t-il, alors que je n'avais pas encore ouvert la bouche, sachez que rien n'échappe à l'État : il consigne tout et garde tout au secret."

Attrapant un dossier gris, il l'ouvrit en me regardant au lieu d'en examiner les pages. Je compris alors qu'il louchait et que je ne pourrais pas suivre son regard pendant qu'il lisait. "Vous êtes accusé d'avoir quitté le pays clandestinement pour rejoindre une organisation armée palestinienne dans la vallée du Jourdain. De là, vous vous êtes infiltré près d'une colonie israélienne, mais on vous a renvoyé chez vous parce que vous aviez peur de vous confronter à l'armée d'occupation."

Je souris sans rectifier ses propos. Il poursuivit : "Affiliation à une organisation révolutionnaire interdite à Beyrouth baptisée les « Trotskistes arabes »".

C'était la première fois que le juge d'instruction entendait parler de cette bande qui avait pris les armes pendant la guerre civile. Il me demanda si Trotski était une personne réelle ou un personnage sorti de notre imagination. Je lui répondis que c'était nous qui avions inventé ce nom, dont nous aimions la musicalité.

Il reprit la lecture de son dossier : "Vous avez tenté d'assassiner un patron de banque. Des aveux ont révélé que c'est vous qui avez placé un engin explosif sous sa voiture. Tentative flagrante d'homicide avec préméditation. Participation logistique à des projets d'assassinat d'autres personnalités, et maintenant tentative de meurtre avec préméditation et de propos délibéré à l'encontre de votre femme."

Il conclut d'un ton victorieux : "L'effet de l'amnistie générale instaurée à la fin de la guerre civile devient caduc si le bénéficiaire commet un crime postérieur à cette amnistie, ce qui est votre cas."

Il voulait me faire payer pour tous ceux qui avaient échappé à la justice, qui étaient légion. Il pensait me faire peur, mais il ne réussit qu'à m'agacer avec son strabisme.

Le lendemain, ce fut le tour de l'avocat, tout propre, qui portait une cravate de couleur vive dans cet endroit crasseux. Il effleura la chaise du doigt. Y trouvant une épaisse couche de poussière, il choisit de rester debout. Pendant tout l'entretien, on aurait dit qu'il reniflait l'odeur fétide de la pièce, que le juge d'instruction avait en outre saturée de fumée. C'était le fils du patron de mon père, lequel lui avait demandé de me représenter. Il était chaussé de souliers bruns à lacets – sans doute ce que son père proposait de mieux dans sa boutique. Spécialisé en droit criminel, il m'encouragea à lui avouer la vérité, en précisant que tout resterait entre nous. Je lui répondis que je n'avais rien à cacher. Il dit qu'il avait bien étudié mon affaire et que l'on pouvait invoquer le crime d'honneur si l'on présentait des témoins de l'adultère – il avait eu vent des agissements de ma femme. J'avais un témoin de son infidélité : celui de mon mariage, qui n'hésiterait pas à témoigner aussi pour moi à la barre. L'avocat sortit le Code pénal de sa mallette pour me lire les articles sur les circonstances atténuantes en cas de crime d'honneur. Je l'interrompis : ma femme n'avait commis aucune faute, c'était moi qui ne supportais plus de vivre avec elle. Nous n'étions pas d'accord sur le choix des meubles du salon. Moi j'aimais les fauteuils de cuir chesterfield, et elle les voulait matelassés avec un revêtement de tissu, alors je l'avais frappée, voilà tout.

La fois d'après, il ne s'assit pas non plus. Il semblait encore plus répugné par l'endroit. Notre entretien ne dura que quelques minutes. Il me regarda longuement, puis, comme s'il avait lu dans mes pensées, il me demanda si je voulais rester en prison même si l'on me permettait d'en sortir. "Oui", répondis-je.

Il conclut en disant : "Si vous coopérez, je peux vous faire sortir dans trois mois." Je cessai de répondre à ses questions. Il haussa les épaules et referma sa belle mallette en cuir véritable, du même brun que ses souliers, et sortit aussi propre qu'il était entré pour ne plus jamais revenir : il mit fin à son mandat. Sans doute jeta-t-il à la poubelle les notes qu'il avait prises au sujet de mon affaire.

Mon père aussi ne tarda pas à me rendre visite. Il arriva inquiet, en sueur, avec des auréoles sombres sous les aisselles. Il avait apporté une boîte de pâtisseries orientales et une bouteille d'eau minérale dont il buvait de petites gorgées pour tenter de se calmer. Je le croyais désemparé par le pétrin dans lequel je m'étais fourré. L'avocat l'avait informé de ma récalcitrance et lui avait fait comprendre que, comme je n'avais engagé personne d'autre pour me défendre, le juge pouvait me condamner *ipso facto* à la peine maximale. Nous bavardâmes un peu. Il me demanda ce que j'allais faire et tenta de me donner des conseils, mais je faisais tout pour changer de sujet. Je m'enquis de mon jeune cousin africain. À sa réponse hésitante, je sentis que la présence du garçon lui pesait. Il parlait d'un air absent. Il voulait dire quelque chose, puis se rétractait. Je me tus pour l'encourager à parler. Alors il lâcha son secret. Il ne pouvait pas rester comme ça sous le même toit avec ma tante et son fils. Les puritains du village allaient finir par l'apprendre. Même à Beyrouth, les voisins voyaient la chose d'un mauvais œil. Pour se "couvrir", il valait mieux que lui et ma tante se marient. Il voulait me demander mon accord. Il précisa que c'était le vœu qu'avait émis ma mère avant sa mort ; elle l'avait prononcé deux fois en présence de sa sœur. Il dit tout cela très vite, sans s'arrêter, comme s'il avait répété sa tirade plusieurs fois avant de venir.

J'étais abasourdi. Je me sentis triste. Nous plongeâmes dans le silence. Je regardais le plafond de la pièce et les craquelures que l'humidité avait causées à cette peinture grise dont l'ensemble des institutions officielles libanaises sont badigeonnées, écoles, ministères et prisons confondus. Mon père masquait son embarras en lisant ce qui était écrit en tout petit sur l'étiquette de sa bouteille d'eau minérale – le détail de sa composition, bicarbonate, calcium, etc. Le garde brisa notre silence et notre gêne en entrant pour dire que la visite était finie. Mon père quitta la pièce sans se retourner. Nous étions maintenant comme des étrangers.

La dernière personne qui vint me voir fut mon ami pensionnaire au *Beyrouth-sur-Mer*. S'abstenant de me rappeler qu'il m'avait déconseillé l'aventure du mariage, il m'apprit qu'il était malade et qu'il n'en avait plus pour longtemps. Il n'avait prévenu personne, ni son fils à New York, ni sa femme, dont il ignorait au juste où elle se trouvait. Il souffrait d'arthrose. Cela irait en s'aggravant, avait dit le médecin. Il devrait bientôt prendre des analgésiques. Il vivrait sous morphine. Il "réglerait ça" dans les jours à venir. Je compris ce qu'il voulait dire. Je ne cherchai pas à l'en dissuader ; dès le début, il m'avait confié ses intentions. Se levant de sa chaise, il dit avec sérieux : "Quand tu sortiras de prison, dans peu de temps, car dans ces affaires familiales en général les peines sont allégées, tu iras déposer un bouquet de roses blanches sur ma tombe, vingt roses, pas plus. Ensuite tu passeras à l'hôtel, où je t'aurai laissé une mallette de cuir dont voici la clé. Tu la prendras, tu salueras la patronne, qui froncera le nez en te voyant, signe qu'elle n'a rien oublié de vos rendez-vous au premier étage et qu'elle éprouve toujours pour toi des sentiments enflammés, mais qu'elle tient à conserver sa dignité. Quant à moi, il ne me reste plus qu'à payer l'emplacement de ma tombe – au cimetière évangélique, le mètre carré est plus cher que celui des rares terrains constructibles de la capitale. Un courtier m'a trouvé un coin avec vue sur la mer ombragé par un timide saule pleureur. Nous avons acheté une statue d'ange ailé en marbre blanc. J'ai visité l'endroit plusieurs fois, je me suis occupé de tout."

Il m'embrassa deux fois sur le front. Les yeux fermés, je lui demandai comment il comptait mettre fin à ses jours. Je n'entendis pas de réponse. Lorsque je rouvris les yeux, le parloir était vide. Mon ami protestant avait quitté le palais de justice de Baabda, et je ne le revis plus jamais.

Mon père se maria en secret dans une petite église de la banlieue nord de la ville. La noce dut être bien triste. Seul un ami qu'il avait connu au temps des grèves des ouvriers de la cordonnerie y assista, ainsi que mon cousin, qui me dit plus tard que sa mère portait une robe bleu marine et que mon père avait mis une cravate grise – des couleurs de "fin de deuil". Ils demandèrent au prêtre de leur trouver parmi ses paroissiens une dame qui veuille bien leur servir de témoin. L'homme les laissa plus d'une heure assis dans l'église en silence, avant de revenir avec une femme de la confrérie.

Mon ami se suicida. Il s'injecta un poison, puis s'assit pour attendre la mort en regardant par la fenêtre de sa chambre la foule qui passait dans la rue d'Arménie. Il héla un ami à lui qu'il vit sortir d'un restaurant ; ils s'enquirent de leur santé respective. Puis le poison fit son effet dans son sang et il tomba sur le plancher. On le retrouva couché là, inerte, face contre terre.

Ma femme retourna vivre chez sa mère. Le médecin lui avait accordé un arrêt de travail de trois mois renouvelables. Elle embaucha deux hommes qui emportèrent mes livres pour les jeter dans une grande benne à ordures. Elle leur demanda également de déchirer la plupart de mes affaires en petits morceaux pour effacer toute trace de moi. En se débarrassant de mes livres, cette garce savait qu'elle avait réduit en cendres ma dernière ligne de défense.

Le procureur général requit cinq ans de prison, après s'être longuement étendu sur mon crime dans un réquisitoire truffé de métaphores et de citations de l'épître de Paul sur le mariage – sachant que j'étais chrétien. Ensuite le juge me donna la parole. Je remerciai le procureur et l'avocat général et dis que je n'avais rien à ajouter à leurs éloquents propos. Le juge me regarda avec stupeur ; je sentis de la pitié dans son regard. "Vous êtes diplômé de la meilleure université de Beyrouth, fit-il, et vous avez enseigné dans ses meilleurs établissements. Vous allez bien nous expliquer pourquoi vous avez aussi violemment agressé votre épouse..." Je lui racontai comment elle avait saccagé mon "village", dont elle n'avait rien laissé, et lui dit qu'elle n'aimait pas les fauteuils de cuir et qu'elle ne voulait pas non plus accrocher de tableaux aux murs. Nous n'avions pas les mêmes goûts culinaires, n'aimions pas les mêmes couleurs, ne nous couchions pas à la même heure.

Le juge ne comprit pas ce que je voulais dire. Il me condamna à deux ans et demi de prison. Je l'avais cherché. J'avais attendu ma femme pendant des heures avant de la frapper, sans que ma colère retombe. Ou plutôt si, ma colère était retombée, mais j'étais décidé à commettre un acte qui ruinerait ma vie. Je n'avais pas oublié ce bâton de chêne avec lequel le cousin de ma mère, le professeur de mathématiques, avait fracassé les miroirs de sa maison au village et brisé tout ce qui pouvait se briser. J'avais renoncé à enseigner la langue de Voltaire aux adolescents du Bon Pasteur – brusquement, j'avais compris l'ineptie de ce que je faisais dans ce lycée. Et voilà que mon mariage avait pris fin aussitôt après avoir commencé. J'acceptai de divorcer. Je signai sans les lire les papiers que m'apporta l'avocat de ma femme un mois après l'incident. Il dit qu'elle souffrait beaucoup, qu'elle avait dû subir plusieurs opérations chirurgicales ; il ne réussit pas à m'arracher la moindre compassion. Je signai, mais à une condition : qu'elle me rende cette photographie de moi avec ma tante et le chien Fox accrochée dans la cuisine de notre maudit domicile conjugal, ainsi que le tableau d'Antar et Abla. Quelques jours plus tard, l'avocat rapporta l'un et l'autre à l'appartement de mes parents, où je les récupérai après avoir purgé ma peine.

La professeure de philosophie sortit de ma vie avec son éthique de Schopenhauer, son héritage de la Grèce antique dans la civilisation moderne, ses cousins cultivateurs de tabac – du côté de sa mère – ou citadins exerçant de petits métiers. J'appris par la suite qu'elle s'était mise à porter le tchador et s'était engagée dans une association islamique. Elle avait cessé d'enseigner la philosophie "laïque", comme elle disait à présent, pour s'intéresser à la théologie. Elle donnait des conférences sur les mérites du Prophète et de ses descendants à un groupe de "sœurs" de l'Association des femmes de bien qui soutenait les moudjahidines.

Le jour même où le juge prononça son jugement, on me transféra dans une prison non loin de là. Deux vastes cours bondées, avec deux cellules individuelles où les prisonniers punis parlaient à tue-tête avec leurs collègues des grands dortoirs. À peine fus-je entré que les détenus voulurent connaître la raison de mon incarcération. L'idée que j'aie tenté de tuer ma femme les mit en joie, ils m'applaudirent et se dirent navrés que je n'aie pas réussi mon coup. Les habitués des prisons flairèrent mon odeur et me classifièrent à ma tenue vestimentaire. L'un d'eux, expert en vol de téléphones et d'appareils électriques, qui en était à son troisième séjour en détention, me conseilla de garder mon argent dans ma poche.

Là-bas, tout pouvait se vendre et s'acheter, des cigarettes américaines aux officiers. Pourtant je mangeais les repas de la prison, qui n'étaient pas faciles à avaler – alors que j'avais de l'argent pour me faire livrer des repas de l'extérieur. Je ne fis pas l'acquisition d'un nouveau matelas, j'héritai de celui d'un prisonnier libéré, qui me causa d'horribles démangeaisons. Seuls mon père et ma tante demandèrent à me voir ; je refusai de sortir au parloir, en dépit de tous les appels du sergent. Ils me laissèrent des pâtisseries que je distribuai autour de moi sans en goûter une seule. Ils renouvelèrent leur tentative une fois, puis cessèrent de venir. Les détenus avaient des épouses et de la famille qui prenaient de leurs nouvelles et leur apportaient des cigarettes et de petits cadeaux. Les femmes qui habitaient dans le quartier venaient voir leurs maris avec le déjeuner tout chaud. Nous n'étions que trois à ne recevoir aucune visite.

Le premier était un Kurde du village de Tell al-Dahab, près de Hassaké en Syrie. Un jour il s'était réveillé à l'aube, avait fourré ses affaires dans un sac et était sorti sans dire adieu à sa famille, qui dormait à poings fermés. Il avait couché dans la rocaille avec les chiens errants, avait porté des parpaings sur des chantiers de construction dans la banlieue de Damas pour gagner de quoi manger. Il connaissait par cœur des poèmes de Mohamed al-Maghout qu'il avait peur de réciter à voix haute dans son pays, disait-il. Beyrouth était sa destination finale. Il n'en avait rien vu d'autre qu'une petite chambre qu'il avait louée au cinquième étage sans ascenseur près de l'Université arabe. Il y avait trouvé des explosifs, sans doute rescapés de l'arsenal de l'Organisation de libération de la Palestine, dont le quartier général, autrefois, était dans le secteur. Il était allé les remettre aux forces de sécurité, qui l'avaient arrêté. On l'avait accusé de détenir ces explosifs. Personne n'avait voulu l'écouter. Il attendait son procès. Chaque jour, il répétait le poème de Mahmoud Darwich : “Le Kurde n'a que le vent”. Puis on le transféra ailleurs. Au moment où nous nous séparâmes, je lui donnai un peu d'argent. Il me serra contre lui en disant que j'étais la seule belle chose qui lui soit arrivée depuis qu'il avait quitté Tell al-Dahab.

Le deuxième était un Libanais qui n'avait personne au monde à part sa mère que le diabète avait rendue aveugle. Tous deux vivaient des pneus de voitures et des rétroviseurs qu'il volait la nuit à Beyrouth-Est pour les revendre le matin aux casses automobiles de Beyrouth-Ouest. Il avait eu la mauvaise idée de repasser une seconde fois par la même rue. C'est ainsi qu'il avait été arrêté et condamné à un an et demi de prison. Sa mère s'était retrouvée seule. Mise à la porte de leur mansarde, elle logeait désormais sous l'escalier. Des âmes charitables la maintenaient en vie avec du pain et des boîtes de conserve. Elle possédait un unique bracelet en or qu'elle gardait pour le dernier jour. Une fois, un homme s'était approché d'elle à son insu et le lui avait arraché du poignet avant de s'enfuir. Tout cela pesait sur la conscience du détenu.

Et puis il y avait le troisième : moi.

Un jour, on m'appela pour que j'aille rencontrer un prêtre habillé en civil avec un col blanc. La plupart des prisonniers étaient musulmans ; le prêtre repérait les chrétiens à leurs noms. Il commença par me demander si j'avais besoin d'un Évangile pour le mettre sous mon oreiller. Il dit que j'étais le "prince des apôtres" ; en conséquence, je me devais d'être un exemple pour les autres, un leader. Il comptait sur moi pour que je prêche la bonne parole parmi ces malheureux. Nous avions beau être une minorité, nous devions servir de modèles aux musulmans.

Ses propos me dérangèrent. Je décidai de le contrarier. Je lui dis de ne rien attendre de moi parce que j'avais annoncé ma conversion à l'islam ici même, devant tout le monde, il y avait de cela une semaine, en récitant la double profession de foi*. Je me laisserais bientôt pousser la barbe. Je m'habillerais de blanc et resterais assis dans

* "J'atteste qu'il n'y a d'autre dieu qu'Allah et que Mohamed est son prophète."

un coin à lire le Coran et la vie du Prophète. C'en fut assez pour que le prêtre me raye de ses listes.

On me transféra dans d'autres prisons. Chacune avait une odeur. Celle des toilettes le jour, celle des pieds du prisonnier étendu à côté de vous la nuit. Je rencontrai toutes sortes de condamnés. Je leur donnais des paquets de cigarettes, des billets de loterie. Il m'arrivait de payer la caution nécessaire à leur libération définitive. La nuit, je les sentais s'approcher de moi et tendre la main pour dérober l'argent que j'avais dans les poches. Le matin, en les regardant dans les yeux, je pouvais deviner qui était le coupable ; je lui souriais. Ils écrivaient sur les murs des bribes des secrets de leur existence : prénoms de femmes, dessins de cœurs, maximes sur les bons et les méchants, versets du Coran, promesses de vengeance contre des gens qu'ils ne nommaient pas.

Au fond, ceux qui cherchaient à me voler m'aimaient bien. Leurs sentiments étaient frustes. Je bavardais avec eux, ils m'ouvraient leur cœur. C'étaient les plus miteux : ceux qui n'étaient jamais allés à l'école. Leurs mains étaient rugueuses, leurs ongles noircis par le travail dans les ateliers de mécanique, leurs corps épuisés. On aurait dit que dans cette prison, qui ressemblait à leur vie, ils se reposaient. Ils supportaient la lenteur du temps, contrairement à ceux qui avaient rédigé des chèques en blanc, qui avaient connu un jour le goût de l'argent et du confort, ou ceux qui avaient falsifié des diplômes de baccalauréat : ceux-là souffraient de ces heures qui passaient si pesamment, parce qu'ils se projetaient dans une autre vie après la prison.

En tant que prisonnier quasi volontaire, je ne me plaignais pas. Pourtant, vers la fin de l'après-midi, j'étais pris de mélancolie. La pire des heures en prison était celle du couchant. Je passais la promenade à arpenter la cour arrière en cadence, comme un soldat, en comptant mes pas dans un sens comme dans l'autre, martelant l'asphalte avec tellement de force que ma tête bourdonnait à chaque pas, ce qui m'empêchait de réfléchir, de sorte que le crépuscule passait sans trop d'encombre. Quand l'obscurité tombait, nous retournions au dortoir éclairé par une lampe solitaire qui pendait du plafond par un fil, le verre poissé de mouches mortes, et dont la lumière falote, au lieu de détendre les traits maussades des prisonniers, répandait une profonde tristesse. Chaque jour, un détenu choisissait ce moment-là pour se frapper la tête dans les mains. Puis un jour, il se mit à la cogner violemment contre le mur, au point que certains crurent d'abord à un petit tremblement de terre. Tout en se frappant la tête, il conjurait ensemble le prophète Mohamed et l'imam Hussein. Pendant ce temps, un autre exhalait une plainte lente, mais régulière, qui excédait davantage les prisonniers que le tapage du premier, si bien qu'ils se mirent à hurler pour le faire taire, ameutant les gardiens qui lui accordèrent une promenade supplémentaire au clair de lune pour qu'il se calme.

Les nuits dans la prison étaient une autre histoire. Le "chef" du dortoir avait beau éteindre la maudite lampe à dix heures, cela n'incitait personne à dormir. Les bavardages se poursuivaient, tout comme l'on continuait à entendre des "vents" sonores et sporadiques, à des rythmes divers. Chaque fois que quelqu'un se tournait d'une épaule sur l'autre dans son sommeil, de gros soupirs s'élevaient. Il y avait un Arménien, allongé près de moi, qui cherchait toujours à s'endormir en comptant à l'infini les noms des joueurs du Homenetmen*, remplaçants inclus : Asador, Avedis, Bedros, Garabed, Hovsep, Mardik… Et ainsi de suite jusqu'à ce qu'il sombre dans le monde des rêves. Le matin au réveil, il était gai. Il m'apprit à confectionner la viande séchée à l'arménienne et à préparer les brochettes à la mode alépine. Il était employé à la compagnie Électricité du Liban. Il grimpait aux poteaux électriques, tantôt pour installer des câbles, tantôt pour les voler, parce que leur cuivre se revendait cher ; des collègues l'avaient dénoncé. Il parlait en arabe en confondant le masculin et le féminin.

Les nuits de canicule étaient sans fin. Le dortoir ne se taisait pas avant quatre heures du matin. Et encore, il arrivait que quelqu'un se réveille d'un cauchemar en hurlant d'effroi et s'asseye brusquement en ruisselant de sueur – cauchemar où il se voyait se débattre contre un rival qui tentait de le pousser au fond d'un puits.

Puis dehors, dans les rues de la capitale, on assista aux premiers affrontements entre sunnites et chiites – après deux décennies d'un conflit qui s'était limité à une confrontation entre chrétiens et musulmans. Il y eut des tirs dont on ignorait comment ils avaient commencé, puis des pneus brûlés, des routes coupées. Les heurts franchirent les murs de la prison : des échauffourées éclatèrent entre des prisonniers, qui se juraient de se régler leur compte quand ils sortiraient. Les chrétiens se mirent à jouer les médiateurs. Une fois, en ma qualité d'homme "instruit", je me permis de donner un long exposé pour expliquer aux chiites que les sunnites aussi vénéraient Hussein et Ali et rassurer les sunnites sur le

* L'un des deux grands clubs de football arméniens de Beyrouth.

fait que les chiites, comme eux, suivaient l'enseignement du Prophète, et qu'en tout état de cause, les faits qui les divisaient remontaient à plus de mille quatre cents ans. Ils se calmèrent un temps, mais le grand dortoir ne tarda pas à connaître un clivage très net, lorsque cambrioleurs de magasins, violeurs de mineurs et trafiquants de drogue se séparèrent selon qu'ils étaient d'une doctrine ou de l'autre, les uns s'agglutinant d'un côté du dortoir, les autres à l'autre bout, et commencèrent à faire des paris sur les courses hippiques et les matchs de football européens. Quant à la minorité chrétienne de la même catégorie de malfaiteurs, elle se rassembla au milieu du dortoir. Certains se mirent à m'appeler le *"hajj"* ; d'autres n'étaient pas dupes de l'étendue de mes connaissances en histoire islamique.

Il y avait parmi nous deux druzes accusés d'avoir tenté de tuer leur sœur dans une affaire d'honneur familial. Nous les avions reconnus à leur accent. Ils restaient assis dans un coin à boire du maté et à se lamenter d'avoir échoué à effacer la honte qui pesait sur leur sœur, ou qu'elle s'était elle-même infligée, disaient-ils. Ils se promettaient d'achever leur mission dès qu'ils sortiraient de là.

Le schisme s'envenima avec l'assassinat du Premier ministre. Une bagarre générale éclata dans notre dortoir à l'annonce de la nouvelle. Les deux camps se mêlèrent pour se battre à coups de chaussures, de bouteilles d'eau et d'insultes proférées d'un côté contre la famille du Prophète, de l'autre contre sa femme Aïcha et ses compagnons, notamment Othman Ibn Affân. Chaque fois que la dispute se calmait, il suffisait d'un mot lâché d'ici ou de là pour qu'elle reparte de plus belle. Jusqu'au moment où quelqu'un brandit un couteau dont on ignorait où il avait bien pu le cacher pendant tout ce temps, alors les gardiens intervinrent avec leurs armes et plusieurs têtes brûlées, d'un camp comme de l'autre, furent transférées vers d'autres prisons.

Je ne rencontrai pas un seul innocent en prison, ni même personne qui prétendait l'être. Tous se vantaient de leurs actes, même quand parfois ils s'étaient comportés comme de vrais salauds. Il y en avait pour qui la prison était devenue la maison. Ils purgeaient leur peine, puis quand ils retrouvaient leur liberté, ils se dépêchaient de voler une mobylette ou d'abuser d'une employée de maison asiatique pour revenir à la case départ : ils ne savaient plus se débrouiller pour vivre à l'extérieur. Ils imploraient les magistrats – qu'à présent ils connaissaient bien – de leur infliger une longue peine ; les juges se mettaient à sourire et exauçaient leur vœu dans la mesure du possible.

Avec le temps, je devins leur écrivain public : je leur rédigeais leurs lettres, comme je le faisais au temps de l'adolescence pour les voisins de ma bourgade. Je reprochai à une fille de n'être pas venue voir son père une seule fois. L'homme pleura en racontant son histoire et tenta de faire tomber des larmes sur la feuille. Les prisonniers s'attroupèrent autour de lui. Quand une larme finit par tomber juste, il me demanda d'écrire à côté : "C'est la larme de ton père, ma fille." Certains se mirent à glousser, d'autres eurent la gorge nouée. Un autre demandait de l'argent à son frère aussi riche que pingre. Un troisième s'adressait à son épouse. Nous nous isolâmes dans un coin du dortoir, il ne voulait pas que les autres l'entendent la menacer : "Si j'apprends encore une fois que tu dragues notre voisin marchand d'eau quand il passe devant chez nous, je te ferai la peau dès que je serai sorti d'ici." J'édulcorai la menace de mort. Mais j'appris par la suite qu'il l'avait bel et bien assassinée après sa libération. Il lui avait proposé un pique-nique sur la berge du fleuve. On était au début du printemps. Ils avaient déjeuné, le mari avait fumé le narguilé, et pour finir, il avait tiré sur elle, avant de jeter son corps dans le fleuve.

Par la suite, je me mis à leur rédiger des textos sur leurs téléphones portables, qui furent introduits dans la prison la dernière année de mon séjour. Quelques mois mémorables où la technologie aida à instaurer le silence, les prisonniers passant leurs journées le nez sur leurs écrans de téléphone à jouer au "solitaire" pour tuer le temps. Ensuite ils commencèrent à appeler leurs proches et leurs connaissances, alors la prison perdit son sens. Les visites se raréfièrent, remplacées par de longues conversations téléphoniques jusque tard dans la nuit. Untel susurrait des mots doux à une petite amie dont il espérait qu'elle l'attendrait jusqu'à sa sortie. Un autre haussait la voix pour exiger de ses complices sa part dans un trafic, qu'ils avaient omis de lui remettre après son incarcération – il était le seul à avoir été arrêté, il avait pris pour les autres. Ou bien une conversation commençait dans le calme, puis peu à peu c'étaient des cris et des insultes.

On finit par confisquer les téléphones et interdire leur usage. Toutefois, contre une somme honorable, il n'était pas difficile de les faire entrer clandestinement. Le portable devint ainsi le plus onéreux des cadeaux. Jamais l'État ne réussit à l'éradiquer des prisons. Ceux qui avaient pu s'en procurer un le gardaient silencieux pour ne pas être repérés, mais il arrivait qu'ils oublient et qu'une sonnerie intempestive réveille tout le dortoir en plein milieu de la nuit.

Vers la fin de mon séjour, un jeune homme tranquille vêtu d'un costume-cravate apparut derrière les barreaux de la porte du dortoir. On aurait cru qu'il sortait d'un film américain de l'époque de la ségrégation. Un sergent se tenait à ses côtés. Les prisonniers poussèrent des cris en le voyant, simplement parce qu'il était très noir de peau. Il avait changé, je ne le reconnus que lorsque le sergent m'appela par mon nom pour que je sorte le rencontrer. Une clameur se fit entendre quand je me levai ; je fus obligé de leur dire que c'était mon cousin. Mais cela ne les calma pas. Au contraire, ils y virent une raison de brailler encore plus en insinuant des choses sur ma tante, comme quoi le Noir avec lequel elle avait eu ce jeune gars avait dû bien l'envoyer au septième ciel – tout ceci accompagné de mimiques appropriées. Ils ne s'arrêtèrent que lorsqu'ils se rendirent compte que leur attitude m'indisposait. Il se trouva qu'ils partageaient tous la même théorie – j'ignore d'où ils l'avaient sortie et comment ils y avaient adhéré –, à savoir qu'un Blanc serait mieux loti au lit avec une Noire, de même qu'une Blanche avait tout intérêt à coucher avec un Noir.

Nous nous parlâmes en français. Il était gentil. Il avait vieilli tout d'un coup. Il avait quitté le lycée parce qu'il ne supportait plus l'insolence des élèves. Il ne leur en voulait pas. Il me demanda comment j'allais, puis me dis qu'il ne se sentait pas bien non plus à la maison, qu'il pensait partir ailleurs. Je lui demandai d'attendre que je sorte, je n'en avais plus pour longtemps. Nous cherCherions un endroit pour vivre ensemble. Je lui dis que, pour ma part, je n'avais pas envie de remettre les pieds dans la maison familiale. Il eut du mal à y croire. Il dit que s'il ne s'installait pas avec moi, il ferait ses bagages pour rentrer en Côte d'Ivoire.

YAMOUSSOUKRO ET TELL AL-DAHAB

Je fus libéré pour bonne conduite avec trois mois d'avance. Le sergent cria mon nom d'une voix tout à fait inappropriée à la distance qui nous séparait. Les collègues de chambrée me dirent adieu d'un ton sincère, en applaudissant comme lorsqu'ils m'avaient accueilli. "Au revoir, professeur, espérons que vous ne reviendrez plus jamais ici !"

Je les embrassai un à un avec ferveur – nous savions que dehors, nous n'aurions plus de contacts. Je promis cependant au jeune homme triste de Tell al-Dahab, que j'avais retrouvé dans cette prison, de le revoir quand il aurait purgé sa peine. Il dit qu'il ne savait pas combien de temps il lui restait à tenir, ni même pourquoi il était là ; il n'était pas encore passé devant le juge. L'officier en charge de la prison me convoqua. Je lui demandai de regarder de plus près l'affaire du Kurde parce qu'il était emprisonné à tort. Il fit la moue et me remit mes affaires, sur quoi je m'en allai sans réclamer ma canne. Un gardien me rattrapa avec. "Hé, l'arme du crime ! Ne recommence pas, hein, tu as l'air d'être quelqu'un de bien."

Le premier propriétaire que j'allai rencontrer avec mon cousin ne nous fit pas entrer. Il était encore en pyjama et avait une joue couverte de crème à raser. Nous l'entendîmes proférer des jurons et des menaces avant d'ouvrir la porte – nous n'étions pas sûrs qu'il y ait quelqu'un avec lui à l'intérieur. Il toisa longuement mon nouveau compagnon : "C'est pour lui que tu veux louer ?

— Non, pour nous deux."

Le mélange des genres ne sembla pas lui plaire. Il prit un ton navré : "L'appartement est déjà loué, quelqu'un a payé l'acompte hier."

On voyait bien qu'il mentait. Il referma la porte avant même que nous ayons tourné le dos pour repartir.

Une femme d'âge moyen à l'accent étrange et aux yeux cernés de khôl nous soumit à un interrogatoire en bonne et due forme. Elle voulait tout savoir. Elle me demanda si j'étais marié. Elle n'arrivait pas à croire que mon cousin puisse être parfaitement noir et porter le nom d'un des archanges bibliques ; elle pensait que c'était un surnom. Ses regards brûlants me rappelèrent la patronne du *Beyrouth-sur-Mer*. Elle dit qu'elle habitait seule à l'étage. Les fantômes ouvraient les fenêtres pour s'introduire chez elle. Notre présence la distrairait. J'attrapai mon cousin par la main et nous nous éloignâmes. Je n'avais plus la force de satisfaire les désirs des femmes. Mon compagnon me dit : "Elle ne t'a pas plu." Ma réponse était prête : "Aucune ne me plaît. Depuis la mort de ma mère, je n'en ai plus rien à faire."

Le troisième propriétaire avait le teint blême et n'était pas loquace. Il ne nous posa aucune question et se hâta de signer le contrat – il en avait un exemplaire de prêt –, en exigeant six mois de loyer d'avance. Dès notre première nuit dans cet appartement au mobilier sans goût, fait de contreplaqué et de tissus rêches, nous comprîmes pourquoi il était si pressé. Les murs du salon étaient ornés de deux grands posters aux couleurs passées, l'un de la citadelle de Baalbek, l'autre de la forêt de cèdres. L'endroit suintait la tristesse de ces meublés où les locataires ne laissent aucune trace de leur personnalité : rien qu'un vide angoissant. Le propriétaire nous avait bernés : l'immeuble donnait sur la voie rapide reliant Beyrouth à la plaine de la Bekaa et à Damas. Jour et nuit, c'étaient des bruits de moteurs de voitures et de camions de transport de carburant ou de ciment. Un vacarme incessant qui vous empêchait de dormir jusqu'à l'aube, quand vous finissiez par tomber d'épuisement.

Mon acolyte trouva un emploi à mi-temps à la réception de l'ambassade de son pays. Ce jeune homme de Yamoussoukro se plaisait en ma compagnie, mais sa mère voulait à tout prix l'éloigner de moi. "C'est vrai que c'est mon neveu et qu'il a de l'instruction, mais il a aussi des tendances violentes et il s'est fourré dans pas mal de galères."

Elle lui avait dit que j'avais failli tuer ma femme et que j'avais refusé de les voir en prison, elle et mon père. Et puis elle avait entendu dire d'autres choses bizarres à mon sujet.

"Il est difficile à vivre, c'est quelqu'un de pénible."

Quant à lui, un jour de congé où il se réveilla tard, il me demanda de but en blanc, d'une voix chevrotante, tout en se frottant les yeux : "Mais enfin qui suis-je ?" Pris au dépourvu, je fis semblant de ne pas avoir bien entendu… Il me parla d'un homme qui l'attendait à la sortie de l'école à Yamoussoukro. "Un grand homme noir."

"Chaque fois qu'il venait, il me donnait un sac de marshmallows et de friandises multicolores. Il mettait sa main sur ma tête, avant de disparaître au coin de la rue.

Il ne disait jamais un mot. Je pense que c'était lui, mon vrai père."

Il ajouta que sa mère, elle, sortait parfois de son sac à main la photo d'un homme blanc et moustachu à la mine grincheuse qui ressemblait aux hommes d'ici. "Elle disait que c'était mon père et qu'il était mort d'une crise cardiaque. C'est tout ce que je sais. J'étais petit, je ne me demandais pas comment un enfant noir avait pu naître de l'union d'une femme et d'un homme blancs."

Après la mort de l'homme à la moustache, d'autres Blancs, dont il pensait aussi qu'ils étaient libanais, se mirent à venir à la maison. Sa mère lui interdisait de rester avec eux. Dès qu'ils entraient, elle l'envoyait dans sa chambre. Cherchant un moyen de me dérober à sa question, je lui demandai quand il aurait dix-huit ans.

"Dans un mois.

— Alors je te répondrai dans un mois."

Le lendemain, il m'accompagna à l'hôtel où j'avais longtemps séjourné. Mais avant cela, nous cherchâmes le cimetière évangélique. Beyrouth a des cimetières pour toutes les confessions. Dix-sept cimetières. Nous soudoyâmes le gardien pour qu'il nous laisse entrer. Il connaissait tous les membres de la communauté, or nous n'en étions pas et il craignait les voleurs. Il nous accompagna jusqu'au tombeau de mon ami, où nous déposâmes des roses blanches – vingt roses exactement, comme il l'avait demandé. Ensuite il s'éclipsa. Il y avait là une seule couronne de fleurs artificielles, au nom de ce jeune homme à la carrure sportive qui lui rendait visite au *Beyrouth-sur-Mer*.

Nous nous assîmes à l'ombre du saule. Les bruits de la ville nous parvenaient étouffés. Un fragment de "La terre vaine", de T. S. Eliot, était gravé sur la stèle de marbre, au-dessous de l'ange ailé :

Quelles racines s'agrippent, quelles branches croissent
Parmi ces rocailleux débris ? Ô fils de l'homme,
Tu ne peux le dire ni le deviner, ne connaissant
*Qu'un amas d'images brisées**...

Je confiai à mon cousin que cet homme était de la génération de mon père, et qu'à choisir entre les deux, c'est lui que j'aurais aimé avoir comme père. Je lui dis que beaucoup de gens que j'avais aimés n'étaient plus de ce monde. J'étais seul désormais. Nous restâmes là jusqu'à la tombée du jour. Le gardien nous avait oubliés, ou alors il avait cru que nous étions partis : il avait fermé le portail du cimetière avant de s'en aller. Nous sautâmes par-dessus le mur comme si nous fuyions le destin, puis marchâmes jusqu'à la rue d'Arménie, non loin de là. L'hôtel nous parut très calme. Il ne semblait pas y avoir de clients. Les lampes n'étaient même pas toutes allumées. Lorsque j'entrai dans le hall avec mon cousin, la patronne éclata de rire. Elle lâcha tout son fiel en une seule phrase : "Ton ami – elle voulait parler du pensionnaire permanent dont nous venions de visiter la tombe – aimait les hommes jeunes, il en amenait dans sa chambre, et il t'aimait aussi. On dirait qu'aussitôt disparu, il a déteint sur toi."

Je lui dis qu'il s'agissait de mon cousin. Persuadée que je mentais, elle persifla :

"Ma foi, il y en a qui aiment coucher avec les Noirs. Où l'as-tu trouvé ?"

---

* *La Terre vaine et autres poèmes*, traduit par Pierre Leyris, Seuil, 2006.

La sentant au bord de l'hystérie – à moins que ce soit la ménopause –, j'abrégeai la conversation et nous quittâmes l'hôtel. La mallette de mon ami était plus grande et plus lourde que ce que j'avais imaginé : c'était une sorte de valise de voyage de taille moyenne, en peau de chèvre d'un brun clair. Au moment de franchir la porte, nous tombâmes sur le patron, qui se figea et ne nous dit pas bonjour. Il ne nous lâcha pas du regard avant de s'être assuré que nous étions partis sans retour.

Le lendemain, j'ouvris la mallette. J'y trouvai un fusil de précision tout neuf, démonté, avec sa graisse, un manuel d'utilisation en russe et en anglais, un silencieux, une longue-vue, un grand nombre de munitions et un huileur. Il y avait aussi un épais agenda aux pages vierges, du genre de ceux que les banques offrent à leurs bons clients, un stylo-plume, un encrier, une boîte de cigares cubains, trois bouteilles de bordeaux – de grands crus –, et un exemplaire de *La Mort à Venise*. Je bus goulûment les trois bouteilles et finis la boîte de cigares en flânant seul ou avec mon cousin dans les rues de Beyrouth. J'inscrivis mon nom sur l'agenda, puis entrepris de monter le fusil, que je cachais sous mon lit un peu avant quatorze heures quand mon cousin rentrait du travail. Il apportait un plat préparé pour le déjeuner, et le soir nous mangions quelque chose dans les cafés où nous sortions. Une vraie vie de bohème.

Un jour en rentrant, il m'annonça : "Ça y est, j'ai dix-huit ans." Et il s'assit en face de moi en attendant que je parle.

Je commençai par mon village natal, par cet homme qui avait abandonné sa famille pour partir avec une jeune femme souffrant d'ennui qui avait su le séduire.

“Je crois que c’est le moustachu dont ta mère conserve la photo. Il a une fille de sa première femme, qui n’était pas facile à vivre. Ta sœur, ou plutôt ta demi-sœur.

— Comment ça, ma sœur ?

— Tu as raison, son père n’est pas ton père, et sa mère n’est pas non plus la tienne !”

Il leva un peu la voix : “Mon père ?

— J’ignore qui est ton père. Je sais juste que le mari de ta mère, c’était ce Blanc à moustache, et que sa première femme est toujours en vie. Elle habite toujours dans notre village et maudit chaque jour notre famille. Ta mère n’ose pas se montrer là-haut de peur qu’on la couvre d’injures. Elle est tombée enceinte de toi, et te voilà noir de peau, ni blanc ni métis. Je te trouve plus beau que les jeunes Blancs d’ici, avec leur gros nez et leur calvitie précoce. Un mélange d’antiques Phéniciens, de Turcs, de Kurdes, d’habitants des ports de la Méditerranée, de Syriaques trapus, et bien sûr de purs Arabes à la peau brune, mais aussi de Tcherkesses aux yeux bleus et, paraît-il, de descendants de croisés aux yeux tout aussi clairs. Tout un ramassis de peuples et de races, et le résultat n’est pas probant.”

La question n’était pas simple. Un silence s’installa. Au bout d’un moment, il dit : “Je rentrerai bientôt à Yamoussoukro. Ce grand homme noir m’a donné un talisman : un bout de bois d’ébène où sont gravés son nom et son adresse. Je l’ai caché à ma mère. Je chercherai la trace de cet homme. Mon pays est là-bas. Je rêve de monter avec lui à dos d’éléphant ou de mener une girafe en marchant pieds nus. Je ne reviendrai pas à Beyrouth, cette ville ne veut pas de moi.”

Il partit pour l’ambassade. Je finis de monter le fusil et j’attendis. Je décidai d’agir en plein jour, parce que dans la nuit, on pourrait voir les étincelles et donc repérer d'où venaient les tirs. Des jours durant, je sortis le fusil et le calai contre la fenêtre derrière le balcon de façon qu'on ne puisse le voir que de la voie rapide. Je cachais le canon dans une plante verte au feuillage touffu qui poussait dans un bidon. Parfait camouflage. Je visais les fenêtres des bâtiments d'en face et les voitures qui passaient. Je voyais bien les têtes des conducteurs et des passagers, comme celles des habitants des immeubles voisins assis à portée de mon arme à prendre le café sur leur balcon. Il y avait un couple qui y restait presque tout le temps à manger, recevoir des visiteurs, jouer aux cartes ou passer la soirée. Je tirerais un seul coup, une fois le mardi, une fois le vendredi. Souvent, le trafic était à l'arrêt à cause des embouteillages : dans ce cas, il me serait plus facile de viser. Mais je préférais tirer sur des cibles mobiles, car si je faisais mouche, elles continueraient à rouler un moment, s'éloignant de l'endroit où elles avaient été touchées, si bien que l'origine du tir serait plus difficile à localiser.

Pendant ce temps, des nouvelles de mon père me parvenaient. Bien qu'il ait atteint l'âge de la retraite, il avait continué à travailler. Mais il s'était mis à harceler ouvertement les femmes. Quand il leur faisait essayer un modèle de chaussures, il leur caressait le pied en glissant des allusions... Il n'avait pas fallu plus de deux plaintes à son endroit pour que le patron le congédie. Il était en bonne santé. Il ne travaillait plus, n'avait plus d'amis ni de rendez-vous.

Ma tante était lasse. On la voyait musarder dans le quartier autour de la maison. Il lui arrivait d'oublier de préparer le déjeuner, alors mon père lui faisait des reproches et se mettait à crier. Quand elle tardait à rentrer, il sortait la chercher. Une fois, il l'avait trouvée en train de raconter toute sa vie à l'épicier. Il avait dû la tirer par la main pour la ramener à la maison.

Quant à mon ex-femme, sa ferveur religieuse était retombée : elle s'était remise à étudier la philosophie laïque. Sans préambule, elle était partie à Berlin pour finir sa thèse sur Schopenhauer. Elle y avait épousé un Allemand, un homme divorcé qui avait deux enfants. Elle ne se couvrait plus les cheveux ni les épaules, et sortait boire des bières dans les bars avec son nouveau mari, dont elle avait pris le nom de famille. Beaucoup d'étudiants allemands étaient impressionnés par cette Arabe qui connaissait parfaitement leur philosophie et qui avait appris la langue de Goethe avec persévérance.

Le Kurde finit par sortir de prison. Le juge l'avait déclaré innocent de toute accusation, hormis le fait qu'il était entré clandestinement dans le pays. "Pourquoi avoir emprisonné cet homme ? dit-il au procureur général. Il est venu vous remettre ces explosifs, il voulait bien faire. Nous allons lui rendre sa liberté." Et d'un coup de son marteau de bois, il déclara que l'affaire était close. Je rencontrai le jeune homme par hasard. Il contemplait les hauts immeubles et les façades des boutiques de vêtements de luxe. Il me serra longuement dans ses bras et me dit qu'il n'avait nulle part où aller, qu'il ne savait pas où passer la nuit. Je l'emmenai dormir chez nous. Je passai quelques jours agréables avec mes deux compagnons. Mon cousin parlait le français et le dioula, un dialecte en usage en Côte d'Ivoire. Le Kurde connaissait peut-être mieux l'arabe que sa langue maternelle, et moi je maîtrisais trois langues : l'arabe, le français et l'anglais. Une petite tour de Babel. J'attendais d'avoir l'appartement pour moi, un peu avant midi, quand l'un allait au travail et l'autre partait errer sans but, pour sortir le fusil, le palper et tirer une balle d'essai en l'air.

L'après-midi, nous descendions au centre-ville ou dans la rue Hamra pour boire des bières et manger des sandwichs arméniens bien pimentés. Nous allions au cinéma, en ressortions quand le film nous ennuyait. Nous flânions jusque tard dans la nuit. Le Kurde nous racontait son enfance. À l'école ils n'avaient pas le droit d'utiliser leur langue maternelle ; ils ne la parlaient qu'à la maison. Chaque matin, ils étaient obligés de chanter l'hymne à la gloire de l'ancien président, puis de son jeune fils. Ils étaient extrêmement pauvres. Ils cultivaient du blé ; il leur arrivait de n'avoir que du pain à manger. Les six membres de la famille dormaient tous ensemble dans l'unique pièce du logis. À la saison chaude, la moitié passait la nuit sur le toit. Le jour où l'on dit que quelqu'un avait trouvé une pièce d'une livre par terre, les enfants du village se mirent à marcher la tête baissée en espérant en trouver une autre. Contrairement à ses frères et à ses camarades, il aimait l'école. Lorsque la direction menaça de la fermer si les petits Kurdes continuaient à négliger leurs devoirs et à enfreindre la discipline, il prit le parti de l'établissement face aux élèves turbulents. Il n'eut pas de mal à entrer au lycée, et commença à lire de la littérature et des recueils de poésie. C'est là qu'il fut pris d'une violente envie de fuir, dont il ne s'ouvrit à personne. À présent, il se sentait capable d'affronter la ville. Un professeur membre du parti communiste interdit l'y encouragea : "Qu'est-ce que tu as à faire avec ces malheureux ? Pars, vole de tes propres ailes !"

Il laissa à sa mère une petite lettre dans laquelle il lui demandait de ne pas avoir de peine, parce que son départ allait lui ouvrir de nouveaux chemins dans ce sinistre monde.

"Les Kurdes sont un peuple maudit", concluait-il après chaque chapitre de cette histoire de misère.

Je tirai une balle d'essai sur une Mercedes verte, un de ces vieux modèles servant de taxi collectif. Je visai l'avant. J'aurais pu toucher le chauffeur à la tête, mais je ne réussis qu'à faire voler la vitre arrière en éclats. La cible était mobile et le tireur débutant. L'homme, d'un âge avancé, s'arrêta sur le bord de la route et descendit voir ce qui s'était passé. Il regarda dans tous les sens. Il resta longtemps planté devant la vitre en mille morceaux. Il dut se dire qu'un caillou avait été projeté de sous la roue d'une voiture fonçant à ses côtés. S'allumant une cigarette, il recommença à tourner le regard de droite et de gauche. Il ne vit personne. Rien que des voitures qui filaient et des immeubles muets. Alors il ralluma le moteur, qui pétarada dans la côte, et au premier virage, la Mercedes disparut. Sur la route, les éclats de verre continuèrent à scintiller sous le soleil.

Mon cousin rentra heureux de l'ambassade. Pour la première fois, je vis ses dents d'un blanc immaculé.

"J'ai trouvé mon père ! s'écria-t-il. Enfin, je sais à peu près dans quelle région il habite. C'est l'ambassadeur qui m'a aidé à retrouver sa trace. Il s'avère qu'il était partisan de Laurent Gbagbo, le président déchu. C'était l'un de ses chefs militaires. L'ambassadeur n'a pas eu de mal à faire le lien, parce que les médias ont souvent cité son nom à propos de la guerre civile et du trafic de diamants avec les pays de la région. Reste à déterminer l'endroit précis où il vit – il est toujours en conflit avec ses adversaires pro-Alassane Ouattara. Je sais maintenant pourquoi il venait à l'école incognito : il ne voulait pas être reconnu. Je vais bientôt partir."

Je le mis en garde : "Mais il ne te reconnaîtra pas, et ta mère refuse d'admettre son existence.

— Il me reconnaîtra. Les pères aussi ont un instinct. De toute façon j'ai déjà pris mon billet, je ne reviendrai pas en arrière."

Les deux balles suivantes manquèrent leur cible et se perdirent dans le vide. Le mardi, je visai une Audi noire, un modèle récent comme ceux que les nouveaux riches aiment se vanter de posséder. Quant au tir du vendredi, je le destinai à un camion Pepsi-Cola ; peut-être brisai-je une ou deux bouteilles de soda, mais personne ne s'en rendit compte. J'avais tenu mon programme, mais je n'avais guère montré d'enthousiasme pour atteindre mes cibles. Je m'accordai donc une quatrième tentative : cette fois, je crevai le pneu avant d'un 4×4 qui fit une embardée, vacilla de droite et de gauche, et faillit percuter le rebord de la route et se renverser dans le ravin. Mais au dernier moment, le conducteur réussit à stabiliser son véhicule et à l'arrêter. Il mit pied à terre – la peur se lisait sur son visage –, puis passa un appel sur son téléphone portable. Il attendit que les dépanneurs arrivent : il était d'une telle élégance que l'on n'imaginait pas qu'il puisse se salir les mains à changer un pneu.

Mon cousin s'en alla. J'appris ce qui lui était arrivé par sa mère, qui me harcela comme si j'étais responsable de ses mésaventures. Ayant atterri dans la capitale ivoirienne, il s'était rendu à l'adresse gravée sur son bout de bois d'ébène, mais n'y avait pas trouvé son père. Les habitants de la maison l'avaient regardé d'un air hostile. Cela ne l'avait pas découragé. À tous ceux qu'il rencontrait, il demandait s'ils connaissaient cet homme. Il intrigua les employés de l'hôtel où il séjournait. Un jour où il sortait pour se rendre en ville, trois hommes armés l'abordèrent. Ils le conduisirent vers une voiture aux vitres teintées et s'enfuirent avec lui. Sa mère pensait qu'il avait dû leur raconter son histoire – il la racontait à tout le monde –, alors ils avaient envoyé un message à celui qu'il pensait être son père en précisant qu'ils avaient avec eux "quelque chose qui lui était cher". Il semblerait que, passant en revue tout ce qui lui était cher, l'homme n'y avait rien trouvé de manquant. Pas une seconde il n'avait songé au fils de cette Libanaise avec laquelle il avait eu une vague liaison et dont il savait qu'elle était rentrée définitivement au Liban avec l'enfant. Il ne répondit donc pas. Ils eurent beau revenir à la charge, dire qu'ils ne lui rendraient son fils que s'il déboursait une belle somme, il ne se manifesta pas.

On ignorait ce qu'était devenu mon cousin. Ma tante s'apprêtait à partir à sa recherche. Elle m'appela pour m'en informer et me demander de veiller sur mon père, qui allait rester seul. Je bafouillai quelques mots et une promesse incertaine.

Il me restait mon ami syrien. Mais lui aussi n'allait pas tarder à disparaître. Un jour, il dit que des membres du PKK étaient venus le chercher à Beyrouth pour lui demander de s'engager dans leurs rangs. Moyennant un modeste pécule mensuel, il devrait retourner dans le nord de son pays pour combattre à la frontière avec la Turquie. Six mois de rude entraînement militaire, égalité entre les hommes et les femmes, mise en commun de tous les biens à la manière socialiste. Il refusa, leur dit qu'il avait d'autres options dans la vie : "Votre parti perdra la bataille. Ses alliés d'aujourd'hui se retourneront un jour contre lui."

Il me demanda de l'aide, mais refusa de me dire quels étaient ses projets parce qu'il savait que je ne serais pas d'accord avec ce qu'il comptait faire. Je lui remis le double de la somme qu'il m'avait demandée. "Fais ce qu'il te plaît." Il promit de me rembourser un jour, mais je lui dis d'oublier cela, je n'avais pas besoin de cet argent. Au moment de me dire adieu, il me laissa le numéro de téléphone de quelqu'un qui pourrait me donner de ses nouvelles si je perdais sa trace. De fait, je la perdis. J'appelai le numéro. Un jeune Kurde me répondit. Il dit qu'il attendait mon appel. Nous convînmes de nous retrouver le lendemain dans un café. Il y avait entre eux une ressemblance, sans qu'ils soient du même sang. Le jeune homme avait l'air abattu. Son ami lui avait dit que j'étais quelqu'un d'unique et de généreux, et qu'il ne m'oublierait jamais. Se souvenir de lui le fit pleurer. Il cessa de parler pour s'essuyer les yeux avec sa manche. Avant même qu'il reprenne son récit, je compris que mon ami était mort. Lui aussi. "Il vous avait demandé cet argent pour le donner au propriétaire d'un bateau qui emmène les candidats à l'immigration en Sicile. Quand ils atteignent la terre ferme, le gouvernement italien s'occupe d'eux et les encourage à partir pour l'Allemagne ou l'Angleterre, où il y a plus de travail. Mais dès que le bateau a pris la mer, son propriétaire, qui craignait toujours d'être poursuivi par la justice en cas de naufrage, a disparu."

Notre ami ne savait pas nager. Il n'y avait pas de mer chez lui. Nulle part les régions kurdes ne sont bordées par la mer ; elles sont coincées entre des pays sans pitié. Son compatriote avait tenté de le dissuader de partir, mais son désir d'ailleurs était trop fort, il voulait découvrir les pays lointains. À mi-parcours, le bateau se perdit en mer. Frappé par les vagues, il se renversa. Des vedettes de sauvetage tentèrent de venir en aide à ces malheureux, en commençant par les femmes et les enfants. Dix hommes se noyèrent, dont notre ami. Il était resté au fond de la mer, personne n'avait cherché à repêcher son corps : il servirait de nourriture aux poissons. Nous nous dîmes adieu sans échanger ni téléphone ni adresse. Je ne voulais plus d'ami.

Je me levai tôt et calai le fusil à sa place habituelle. Cette fois, j'avais choisi des cartouches combustibles, avec un cercle rouge sur le culot, censées embraser ce qu'elles percutent. Les employés se dirigeaient vers leur lieu de travail, les chauffeurs de taxi chassaient les clients. Il y avait de plus en plus de femmes au volant. Un automobiliste avait percé le pot d'échappement de sa voiture américaine, qui vrombissait en enfumant l'atmosphère chaque fois qu'il appuyait sur l'accélérateur. Il dépassa la longue colonne de véhicules et disparut de ma vue avant que je n'aie le temps de le viser. Puis l'engin que j'attendais arriva : un camion-citerne qui descendait lentement la pente en freinant tout le long. Une cible facile. S'il transportait du mazout, il ne se passerait pas grand-chose. Si en revanche il était chargé d'essence, *a priori* il s'embraserait ou exploserait, et ce serait un désastre. Je tirai une première balle en direction de la citerne jaune, puis une seconde sur l'un de ses gros pneus – contrairement à la règle que j'avais suivie jusque-là. Ce qui se produisit dépassa toutes mes attentes. Une flamme s'éleva aussitôt de la citerne à essence et le chauffeur, paniqué, fit une brusque embardée vers le milieu de la route avant de sauter de son siège. Je le vis s'enfuir en courant pour échapper à l'explosion. Il portait une combinaison avec le logo de la compagnie de pétrole pour laquelle il travaillait.

Ce camion en flammes entravant la route surprit les automobilistes. Ceux qui la descendaient n'eurent pas le temps de freiner. S'ensuivit un carambolage de plus de dix véhicules dans une formidable cacophonie de grincements. En moins d'une minute, la voie rapide montant à la plaine de la Bekaa se transforma en un champ d'épaves dévorées par le feu. La citerne était déjà entièrement embrasée. Des sirènes d'ambulances s'approchèrent. On commença à évacuer les blessés sur des brancards. Là-dessus, un grand fracas retentit : un camion chargé de bois roulant à vive allure venait de s'ajouter au chaos, avec ses planches qui fusaient dans tous les sens. La police dévia la circulation. Un peu plus tard, on entendit aux informations : "Carnage sur la route rapide de la Bekaa ; des blessés graves".

Je cessai de suivre les nouvelles. Démontant soigneusement le fusil, je le remis dans la mallette, puis j'emballai mes vêtements et quittai ce maudit appartement après avoir remis la clé à son propriétaire au teint blafard. Je ne voulais plus vivre dans cette ville ni dans ses banlieues. Moi le ténébreux, le veuf, l'inconsolé, je partirais plus à l'est.

LE CHAT ET LES PIGEONS

Je n'avais pas encore tout à fait quarante ans quand je remarquai des cheveux blancs sur mon crâne – je devais cette précocité à mon père. Ce jour-là, devant un miroir de chambre d'hôtel, je me dis à voix haute : "Ça suffit, tu as fait ton temps. À présent, tout ce qui pourra t'arriver ne sera qu'une redite. Tu as joué ton morceau, retire-toi tranquillement."

Lorsque la mer avait avalé mon ami kurde dont le rêve était de traverser la Méditerranée pour atteindre une île grecque ou les côtes italiennes, j'avais noté dans mon carnet tout ce qu'il me restait à faire pour accéder à la solitude à laquelle j'aspirais. Je rectifiai mes plans : peu importe la vengeance, je voulais juste échapper à ce ravage.

Je commençai par clôturer le compte bancaire que j'avais ouvert avec ma tante paternelle. Je garderais tout l'argent chez moi, sous mon oreiller – des dollars américains, selon son souhait. Ultime conseil qui se révéla salutaire car, comme elle l'avait présagé des dizaines d'années plus tôt, le taux de la livre libanaise s'effondra. Grâce à tous ces dollars, je n'aurais plus besoin de travailler. On m'invita à rencontrer le directeur de la banque, qui s'étonna de ma décision et argua que j'allais perdre des intérêts dont il évalua le montant grâce à la calculette qu'il gardait toujours à portée de main. Mon visage resta impassible ; je me contentai de regarder l'agitation de la rue à travers la fenêtre derrière lui. Se rendant compte qu'il parlait tout seul, il renonça à me convaincre.

Je me rendis ensuite chez l'épicier du village où j'avais choisi de m'établir. Il vendait de tout : cerises, abricots de pays, conserves, yaourt de chèvre, quincaillerie… Le week-end il se transformait en boucher : chaque samedi, il égorgeait un mouton. Il avait toujours un carnet pour noter les dettes des clients, qui le remboursaient au début de chaque mois. Je me présentai et lui dis que je venais de m'installer parmi eux. C'était un vieil homme sympathique à la moustache blanche, qui ne tarda pas à me confier que ses deux fils étaient partis travailler en Europe. Il lut le papier sur lequel j'avais noté ma liste de courses : céréales, légumes, fromages, produits d'entretien, etc. Il vérifia qu'il avait bien tout en rayon. Il enverrait un garçon qui frapperait deux coups à ma porte, poserait les sacs de provisions sur le seuil et s'en irait. Je voulus payer à l'avance. Il protesta, mais j'insistai – j'avais un plan à tenir. Je le réglai en dollars. Un air de satisfaction se lut sur son visage ; je sentis que je commençais à l'intéresser.

Je jetai mon téléphone portable par la fenêtre de ma maison, qui donnait sur une vallée encaissée ; je ne l'entendis pas heurter le fond. De toute façon, depuis que je l'avais, il pouvait se passer des jours entiers sans que je l'entende sonner. Personne ne m'appelait. Je n'avais donné mon numéro qu'à très peu de gens : ma liste d'amis comptait moins de dix personnes. À dire vrai, celui qui vivait à l'hôtel était quasiment le seul avec lequel je conversais, or à cette heure il gisait au cimetière évangélique. J'avais laissé ma radio dans le dernier appartement que j'avais occupé avec mon cousin africain et ce jeune Kurde vagabond. Tous deux suivaient les informations sur leur téléphone portable, alors cette radio n'était plus qu'un objet décoratif qui ne servait à rien.

Je n'achetai pas de téléviseur et ne prévins personne que j'avais déménagé. À qui aurais-je pu le dire, sinon à mon père et à ma tante, si celle-ci était revenue de Côte d'Ivoire après avoir retrouvé son fils ? Pour l'instant, elle n'était toujours pas rentrée. Quelque chose me disait que mon cousin avait dû disparaître. Enlèvements et demandes de rançons étaient un commerce aussi ordinaire que redoutable en Côte d'Ivoire. Quant à mon père, la dernière fois que je l'avais croisé dans la rue près de chez lui, il m'avait embrassé sur le front comme pour faire la paix. Il avait prétendu qu'il avait cherché à avoir de mes nouvelles, puis, comme d'habitude, nous n'avions rien trouvé à nous dire, alors nous étions restés muets à regarder passer les gens. Au bout d'un moment, il avait fini par m'annoncer qu'il avait décidé de rejoindre ma tante en Afrique. Elle avait loué une maison pour eux deux. Il préparait son départ. Il me demanda à ce propos si je voulais m'installer dans l'appartement, qu'il ne garderait pas – signe que son séjour à Yamoussoukro allait durer.

Après avoir quitté précipitamment mon dernier domicile à cause des ravages que j'avais causés avec ce fusil à lunette, je n'avais pas cherché à savoir quel avait été le bilan de mon acte. J'avais cessé d'écouter les informations, d'acheter les journaux et d'aller au café. J'errai un temps de-ci de-là, avant de me poser dans un petit hôtel appelé La Pension des Gens de lettres. Son nom m'avait intrigué. En réalité, il masquait de piètres installations, des rideaux aux couleurs d'un goût douteux et un petit-déjeuner difficile à avaler. J'y restai deux semaines, au cours desquelles je me souvins du *Beyrouth-sur-Mer* et de sa patronne, que je ne pouvais m'empêcher de comparer au jeune réceptionniste aux lunettes en cul de bouteille qui oubliait les visages des clients, si bien qu'il leur redemandait leur nom chaque matin. L'établissement était surtout fréquenté par de petits commerçants et des ouvriers syriens. C'était par ironie qu'on l'avait baptisé ainsi.

Je sortais de bonne heure, passais la journée dans les taxis-services et rentrais tard le soir. Je m'étais mis en quête d'un logement à louer dans un endroit isolé. Mes recherches me menèrent à l'extérieur de la ville, dans un village de montagne où je finis par trouver mon bonheur : une grande pièce dans laquelle on avait installé une cuisine et une salle de bains, avec une baie vitrée surplombant Beyrouth à sept cents mètres d'altitude. Beyrouth qu'à toute heure du jour on voyait enveloppé dans la brume à cause de cette décharge qui brûlait à ciel ouvert sur le littoral et du gaz carbonique craché par les pots d'échappement des véhicules. Un gros nuage gris qui se fondait graduellement dans les couleurs de la mer, jusqu'à l'horizon azur dans le lointain. Alors que nous en faisions le tour, le propriétaire énuméra longuement les qualités de son logement. Comme je ne réagissais pas, malgré ma joie muette d'avoir trouvé ce que je cherchais, il finit par abréger son laïus. Je lui réglai un an de loyer d'avance et choisis tout de suite l'endroit où j'allais m'asseoir chaque jour confortablement : un grand canapé en cuir assez proche de ce dont j'avais rêvé pour mon foyer conjugal, et que ma femme m'avait empêché d'avoir. Le propriétaire me dit que c'étaient les locataires précédents qui l'avaient laissé là, comme ceux de la rue Mak'houl nous avaient laissé leur piano Yamaha.

Je m'asseyais couvert d'une précieuse *abâya* de satin noir que j'avais achetée quand j'avais planifié les moindres détails de ma retraite dans ce lieu. Je me levais le matin, lavais mon linge et le repassais comme je l'avais appris, me rasais soigneusement la barbe, me douchais et me peignais, avant de m'habiller comme pour sortir à un rendez-vous au café. Toute la journée, je gardais ma veste et mes chaussures. Certains jours, je portais même une cravate. Je trouvai également dans mes affaires un nœud papillon dont je n'hésitais pas à orner ma chemise le dimanche – lorsque j'étais encore conscient des jours de la semaine. Campé devant le miroir, je vérifiais que j'étais satisfait de ma mise, après quoi je jetais mon *abâya* sur mon dos et m'asseyais sur le canapé. C'était là que je lisais, mangeais, dormais la nuit, me reposais l'après-midi. De petits rêves me venaient pendant la sieste, mais pas lorsque je dormais longtemps. Assis de la sorte, je me demandais comme mon jeune cousin africain si j'existais vraiment – "Qui suis-je ?".

Portais-je le fardeau de ma naissance ou n'étais-je qu'une invention tirée de mes lectures ? Étais-je délicat ou niais quand mon cœur se fendait à la vue d'une scène intime qui n'intéressait personne ? Ou bien insensible, quand je n'hésitais pas à faire du mal ? D'où me venait cette façade de dureté, alors qu'au fond je me sentais faible, affectueux, prisonnier des sentiments d'autrui à mon égard ? Deux êtres cohabitaient en moi : un démon acharné et un frère tendre et fiable.

À propos de lectures, dans ma nouvelle solitude, je craignais le vide, la descente vers la folie, le face-à-face où je me retrouverais sans défense, sans mots. Alors une dernière fois, avant de m'enfermer chez moi, je me rendis à la librairie où j'avais l'habitude de me fournir et passai une demi-journée entre ses rayons pour reconstituer ma bibliothèque idéale. Vingt livres, pas plus, pour m'accompagner et me protéger, où j'enfouirais ma tête quand la confrontation deviendrait difficile. Il ne se passait plus rien dans ma vie. Et si d'aventure il s'était passé quelque chose, je n'aurais pas su réagir, maintenant que j'avais coupé tout lien avec l'extérieur. Je me réveillais au son d'une excavatrice, ou d'une scie électrique dans un atelier derrière chez moi que je ne pouvais voir. Le ciel était bleu, le soleil brillait, bien que l'on soit en plein hiver. Le peuplier dont la cime se balançait devant moi dans la brise perdait ses dernières feuilles dorées. Je m'approchais de cette baie vitrée : la ville était toujours là dans sa gangue de brume. Je songeais à acquérir des jumelles, puis me ravisais : puisque je m'étais éloigné du monde, pourquoi vouloir le rapprocher de ma vue ? J'allais me préparer un en-cas matinal. J'avais tendance à réduire mes portions, j'avais lu que le corps pouvait se suffire de peu. Dehors, le silence s'installait, rompu par le ronflement d'un hélicoptère militaire qui survolait le voisinage avant de s'éloigner.

Un jour, vers midi, je perçus un mouvement derrière le rideau de la fenêtre que l'on voyait de ma chambre. Je vis des silhouettes se balancer. Je dis “vers midi” parce qu'en emménageant ici, je m'étais séparé de ma montre Patek Philippe – luxueux cadeau de mon ex-femme que j'avais oublié à mon poignet. Je dis “je m'étais séparé”, en réalité je l'avais fracassée avec un marteau que j'avais trouvé dans un tiroir, histoire de me venger de ce qu'avait fait cette professeure de philosophie à la maquette de mon village, puis à mes livres. De l'endroit où je restais assis en tailleur toute la journée, je faisais face à un mur de pierre polie surmonté d'un toit de tuiles et percé d'une fenêtre avec un encadrement de bois rouge et un rideau blanc et translucide. Une seule échappée : un petit triangle à travers lequel je voyais chaque jour la couleur du ciel et pouvais deviner s'il allait faire beau ou bien pleuvoir. Depuis que j'étais arrivé, la vitre de la fenêtre d'en face était restée fermée et jamais personne n'était apparu à travers. Ni ombres ni "fantôme". Comme si les habitants de la maison étaient partis à l'étranger. Or là, je venais d'y percevoir un mouvement. Je n'étais pas certain que quelqu'un soit entré dans la maison. Ce que j'avais vu n'était peut-être que le reflet sur la vitre d'un mouvement au-dehors. L'idée d'un voisinage si proche n'était pas à mon goût. Je craignais que les habitants, rentrés chez eux, ne viennent troubler la tranquillité dont je jouissais. Comme ils touchaient presque ma chambre, ils pourraient pénétrer mon espace intime d'un simple regard.

Le seul mouvement que j'observais chaque jour était celui d'une volée de pigeons. Des pigeons de villes et de places publiques au plumage de plusieurs couleurs : une tête verte ou rouge, un dégradé de gris sur le corps et une queue noire. Plus de vingt pigeons qui venaient se reposer sur le toit de tuiles en face de moi. En voulant les compter, je me rendis compte que parfois ils étaient plus nombreux, grâce à celui que l'on nomme le "mâle rassembleur", qui attire des oiseaux d'autres volées. Les pigeons s'envolaient tous d'un seul coup et s'éloignaient en battant des ailes. Et moi, j'attendais que la fatigue les fasse revenir vers leur refuge, et ainsi de suite tout au long de la journée, jusqu'à ce que le soleil s'apprête à disparaître. Alors les pigeons se rangeaient en une seule ligne et s'endormaient en penchant leur petite tête frêle. Leurs allées et venues fractionnaient la journée, et le moment où ils se couchaient marquait le début de la soirée. Ils se mouvaient ensemble, sans doute sur un signe furtif du chef de leur escadrille que je n'arrivais pas à percevoir. Leur envol survenait toujours à un moment auquel je ne m'attendais pas. Rien ne l'annonçait : ni mouvement, ni roucoulement. Et puis un jour, sans crier gare, un chat noir apparut au bout du toit, sale et dans un drôle d'état, plus proche du chat sauvage que du chat domestique : un chat de gouttière. Il s'approcha de la rangée de pigeons au repos et, d'un geste vif et agile, sans leur laisser le temps de fuir, planta ses crocs dans la gorge du dernier pigeon à droite de la rangée. Alors les autres se sauvèrent d'un seul coup. Bondissant de mon canapé, j'ouvris la fenêtre et criai après le chat pour le chasser, mais il avait déjà filé avec sa proie vers un repaire d'où je ne pouvais le voir. J'étais dépité d'avoir perdu un de mes amis. Je restai à l'affût de ce chat perfide : je ne le laisserais pas recommencer.

Là-dessus, me tournant vers moi-même, j'entrepris de me défaire de mes “défenses”. Choisissant un ouvrage parmi les vingt en ma possession, j'en achevais la lecture sans me presser. Puis j'y revenais encore une fois avant de lui dire adieu. Il me fallait entre une semaine et dix jours pour en finir avec un livre, après quoi je le jetais dans le poêle. Je regardais s'embraser *Les Gens de Dublin*, de

Joyce. J'en avais déchiré les pages une à une avant d'en nourrir lentement le feu. Les voir se réduire en cendres et en fumée me distrayait. Au fond, c'était une sorte de défi personnel : je voulais me dépouiller de tout ce qui n'était pas moi pour éprouver ma résistance. C'est ainsi que je lus puis brûlai *Pedro Páramo* de Juan Rulfo, le *Voyage au bout de la nuit*, de Céline – il lui fallut une demi-journée pour se consumer –, *Les Haltes* de Niffari. L'odeur du papier et de l'encre brûlés était infecte. Chaque livre en dégageait une un peu différente selon le type d'encre et de papier. Tous ces personnages lumineux, drôles ou bouleversants s'anéantissaient devant moi. Mais je ne me raviserais pas : j'allais épuiser mes munitions. J'avais aimé les livres, oui, je m'étais accroché à eux, mais voilà, maintenant, je les jetais au bûcher. L'homme, dit-on, est un puits obscur et insondable.

Le dernier livre dont je me séparai était les *Illuminations*. Petites annales du désordre des sentiments. Une écriture cherchant à recréer le monde à partir de ses débris, le monde tel qu'un jeune Français d'à peine vingt ans l'avait connu, avant de tenter de se débarrasser de son œuvre pour s'adonner aux drogues, puis au commerce d'armes entre le port d'Aden et quelques villes d'Abyssinie. Comme si brusquement il était revenu à une sorte de raison conformiste, il avait dit que tout ce qu'il avait écrit là n'était qu'insignifiantes divagations. Toutefois, sa sœur, qui croyait en son génie, en avait conservé des exemplaires qui seraient réimprimés puis publiés partout dans toutes les langues du monde. Je ne jetai pas les *Illuminations* aussitôt après en avoir achevé la lecture. Pendant plusieurs jours, je les gardai dans ma poche comme mes dernières cartouches. J'en récitais des passages à voix haute en arpentant ma chambre de long en large et en dansotant sans aucun rythme. Enfin, me résignant à m'en affranchir, je les jetai dans le poêle. Mais pour une raison que je ne saisis pas – peut-être parce qu'à ce moment-là, le vent soufflait fort dehors, ou parce que le tuyau du poêle avait été mal installé –, la fumée des *Illuminations* revint envahir l'intérieur de la pièce. La nausée me prit, je faillis étouffer. Je courus ouvrir les fenêtres et me campai près de l'une d'elles pour respirer de l'air frais tout en agitant les mains pour faire sortir la fumée. Il ne me restait donc plus rien à lire. Plus rien de la langue des autres. J'étais condamné à écouter ma propre voix, qui ne se nourrirait plus de la plume d'auteurs de génie aux sentiments exaltés, mais de mon être à moi, menacé d'assèchement.

À la saison des grands froids, dans ce village de montagne, je sentis se ranimer la douleur de la fracture que j'avais eue à la jambe lorsque les miliciens avaient tiré sur moi, il y avait bien des années, au check-point séparant les deux Beyrouth. C'étaient des élancements persistants qui allaient parfois jusqu'à me réveiller la nuit. Puis brusquement ils cessaient, pour me reprendre sans raison au moment où je ne m'y attendais pas. Comme si la douleur était toujours là, latente, recouverte par le vacarme du monde, et que je recommençais à la sentir à cause du silence qui submergeait mes jours. Lorsqu'elle atteignait son paroxysme, je me mettais à hurler. Je ne voulais pas demander de calmant. Je n'irais pas à la pharmacie : je lutterais seul contre la douleur, par ma volonté et ma patience. Je m'en délectais presque quand elle commençait à monter en avalant toutes les autres sensations.

Un papillon était enfermé avec moi dans la chambre. Il était beau : bleu, bordé d'un liseré noir. Plusieurs fois, je lui avais ouvert les fenêtres pour le laisser partir, mais il avait continué à voleter de-ci de-là dans la maison. Il s'endormait sur la queue d'Abjar, le cheval d'Antar, ou venait se poser sur mon visage sur la photo qui nous réunissait, ma tante, le chien, le général de Gaulle et moi, que j'avais accrochée au mur en face du canapé où je passais le plus clair de mes jours. Ce papillon me ramenait à mon village, à mon enfance, à l'âge où tout s'imprime, et peut-être tout se forme ; aux lieux qui avaient toujours peuplé mes fantasmes littéraires. Au fond, la plupart des scènes qui m'avaient marqué dans les romans avaient eu lieu sur la berge de notre rivière, ou dans le quartier jouxtant l'église, ou dans le voisinage des maisons que nous avions habitées. Mais voilà que, saisi encore une fois par le regard de ma tante sur cette photo, je n'arrivais plus à me souvenir de ce que je ressentais quand le photographe nous avait disposés, comme à son habitude, avant de braquer son flash sur nos visages. J'oubliais ce papillon. Il disparaissait plusieurs jours entre les meubles de la maison, puis soudain réapparaissait – c'était bien le même – et revenait voleter près de moi, puis s'approchait de la lampe dans sa perpétuelle quête de lumière.

En plus de cette photographie, j'avais conservé le fusil, qui me procurait un sentiment d'immunité et de pouvoir. C'était mon ultime ligne de défense. Cependant je ne tardai pas à jeter les munitions pour ne pas être tenté par l'idée de me suicider, ou de choisir de nouvelles cibles dans le quartier pour tirer sur elles depuis la fenêtre de ma chambre. Je me contentais de le monter, de le graisser et d'approcher mon œil de sa lunette, après quoi je le démontais, puis à nouveau le remontais, et ainsi de suite jusqu'à ce que je finisse un jour par m'en lasser.

Un après-midi, alors que j'observais les pigeons posés sur le toit de tuiles, je pris conscience que je ressemblais de plus en plus aux personnages solitaires qui étaient nés dans mon esprit, puis que j'avais abandonnés. Il ne faisait aucun doute qu'à l'image de ces êtres dont le sort m'avait séduit, je souffrais d'une infirmité que je ne savais pas nommer. Il me plaisait de penser que la révolte coulait dans mes veines et que j'étais incapable de me corriger. Je voulais regarder le destin droit dans les yeux, comme quand, avec les enfants du quartier, nous nous amusions à nous défier du regard, et le premier qui cillait avait perdu.

Les jours se répétaient, presque identiques, au point de sombrer dans le brouillard. J'avais perdu la notion des dates, des jours de la semaine. Seule la cloche de l'église toute proche m'indiquait que nous étions un dimanche, ou bien un jour de fête quand elle sonnait à une heure inhabituelle. Lorsque l'on se mit à diffuser des cantiques par haut-parleur, je compris que Noël approchait, tandis que les prières du Vendredi saint – comme celle à Notre-Dame-des-Douleurs, qui me mettait en extase quand j'étais enfant – m'annoncèrent la venue du temps de Pâques. Je nageais dans une nébuleuse sans forme, sans consistance. Je tremblais quand on toquait à la porte à l'improviste, avant de me souvenir du jeune de l'épicerie qui venait me déposer mes courses – je ne l'avais encore jamais vu. Le jour où l'on frappa à une cadence différente, et avec insistance, mon cœur se mit à battre la chamade. Je faillis crier qu'il n'y avait personne. Les tambourinements ne cessaient pas. C'était l'après-midi. Je m'allongeai sur mon canapé et jetai la couverture par-dessus moi. On tambourinait toujours. Le monde m'appelait.

“Qui est à l’intérieur ? entendis-je à travers la porte. Je suis le *mokhtâr* du village…

— Que voulez-vous ? fis-je en tressaillant.

— Je veux juste prendre de tes nouvelles. Personne ne t’a vu depuis que tu t’es installé ici. On pensait que tu avais payé le loyer mais que tu n’avais jamais emménagé. Jusqu’à ce que l’épicier nous dise qu’il te livrait des courses.

— Je vais bien, je vous remercie.

— Tu es sûr que tout va bien ? N’hésite pas à m’appeler si tu as besoin de quoi que ce soit.”

Il me donna un numéro de portable que je ne pris pas la peine de noter.

Je l’entendis dire à quelqu’un qui était avec lui, alors qu’ils s’éloignaient : “Cet homme est un névrosé… Il ferait mieux d’aller s’enfermer dans un monastère.”

En vérité, plus je m’enfonçais dans la solitude, plus j’y trouvais de plaisir. De temps en temps, j’étais pris d’un élan aussi passager qu’inexpliqué : je me mettais à danser au milieu de la pièce, je tournoyais gauchement sur moi-même, fredonnais gaiement, écartais les bras tel un cygne prenant son vol – même si ensuite, ma jambe meurtrie était prise d’une douleur lancinante. En début de soirée, je me tenais près de la grande fenêtre. Mon ombre s’étirait loin vers la ville, tandis que je récitais des poèmes tombés dans l’oubli, comme leurs auteurs, mais que je savais toujours par cœur depuis l’école : *Chant de guerre tcherkesse*, *L’Agonie d’un aigle*… De mes petits trésors, il me restait ces lettres que j’avais écrites un été, il y avait bien longtemps, à une femme que les mots séduisaient plus que tout. Je les sortis pour les lire à voix haute, lentement, avant de les embrasser, puis d’en faire des avions en papier que je jetai par la fenêtre. Ils s'envolèrent, puis retombèrent dans le vallon en contrebas de la maison. Le monde m'enchantait tel qu'il était. Je le fêtais sans raison, sans qu'il ne m'y arrive rien de réjouissant, et puis, soudain, je m'effondrais. J'étais comme sur une balançoire qui me soulevait dans les airs puis me jetait vers le bas. Je criais vers le ciel à m'érailler la voix, ou alors je faisais comme au temps de mon adolescence, dans cette maison que les obus avaient fini par atteindre : ramenant la couverture sur ma tête, je sanglotais de chagrin en appelant ma mère pour qu'elle se précipite à mon secours.

La lumière et les ténèbres, le beau temps et la pluie, se succédaient indifféremment. Le sommeil et la veille se confondaient. Tout était déréglé. Je commençais à oublier des mots, le nom de certaines choses, que je m'obstinais à essayer de retrouver. Lorsque je convoquais le passé, quantité de détails manquaient à mon souvenir, tandis que surgissaient des visages et des scènes auxquels je n'avais guère prêté attention en ce temps-là. Dans mon esprit, les liens entre toutes les maisons où nous avions vécu s'étaient rompus. Je ne savais plus pourquoi nous étions descendus à Beyrouth, ni pourquoi nous avions déménagé dans tel ou tel quartier. J'étais incapable de me souvenir de ce qui m'avait poussé à frapper ma femme, ni de ce qui m'incitait à nuire aux riches, moi qui n'avais jamais été pauvre. Mon obsession pour les femmes s'était envolée ; n'en restait qu'un vague écho de désirs érotiques. Je me souvenais de celles qui m'avaient aimé, mais j'avais oublié leurs noms. Seuls quelques visages, quelques instants d'éclat, émergeaient de ce brouillard, comme la fois où cette jeune femme m'avait dit à l'heure du couchant, dans le village où nous avions passé un été singulier : “Mon âme est morte, mon ami, tes baisers et tes mots la ressuscitent.”

J'étais là à m'abîmer dans l'une de ces réminiscences lorsque je sentis une secousse pareille à un séisme, une houle rugissante venue du ventre de la terre qui montait de la ville vers la montagne où je me trouvais. Tout trembla dans la maison et les vitres faillirent éclater. Je me levai pour aller à la fenêtre. Je vis une sorte de gigantesque champignon au-dessus de la ville. L'explosion était énorme. Une épaisse colonne de fumée de substances toxiques montait dans le ciel avec des teintes dégradées : noir et blanc, brun, jaune orangé. On eût dit que la ville recrachait tout ce qu'elle avait dans ses entrailles. Je fixai longuement cet étrange nuage. Puis je finis par ouvrir la fenêtre ; une odeur caustique envahit la maison. J'entendais hurler dehors. Des cris convulsifs qui durèrent longtemps. Je ne comprenais pas ce que l'on disait, mais je sentais l'épouvante qu'il y avait dans ces voix.

La mort s'était abattue sur la ville. Ce jour-là, les pigeons ne vinrent pas se poser sur le toit de tuiles. Ils avaient fui vers un autre refuge – ils ne reviendraient que quelques jours plus tard. Seul l'esprit du mal apparut : ce chat sauvage et sale, au pelage noir et ébouriffé, qui marchait souplement en quête d'une proie. Il s'approcha du bord du toit mais, pour la première fois, s'éclipsa aussitôt à l'autre bout. Le papillon continua à voleter en se cognant frénétiquement entre la fenêtre, l'armoire et la lampe, jusqu'à ce que lui aussi trouve un moyen de s'échapper et disparaisse à jamais. Je revins m'asseoir à ma place. Je n'étais pas prêt à briser mon isolement pour savoir ce qui s'était passé là-bas au loin dans le port de

Beyrouth. C'était une fatalité, je ne pouvais rien y changer. La tête entre les mains, je divaguai pendant des heures. Je songeai que ma mère avait dû me transmettre sa peur de la vieillesse : j'étais un grand enfant qui tentait obstinément de descendre du train en appelant à l'aide, mais personne ne répondait. J'imaginais ma mère sans la voir, tandis que dès que je rouvrais les yeux et sortais la tête de sous la couverture, ma tante paternelle m'apparaissait sur la photographie qui nous réunissait, elle et moi, avec pour toujours cet effroi inexpliqué dans son regard. Comme si, sans le vouloir, le photographe ambulant qui s'annonçait en faisant briller plusieurs fois son flash sur le pas de la porte avait fixé l'essence de ma vie dans les yeux de ma tante.

À présent que la roue avait tourné, les hommes allaient frapper à ma porte, certains en tenue militaire, d'autres en chemise et en pantalon, le fusil à l'épaule. Ils viendraient au point du jour ; je serais endormi. Je me réveillerais, mais n'irais pas ouvrir et ne crierais pas : Qui est là ?

Ils continueraient à frapper de toute la force de leurs poings, et aussi avec des objets tranchants, et puis ils finiraient par défoncer la porte. Ils entreraient, fouilleraient partout, dans la cuisine et la salle de bains, tous les coins où j'aurais pu me cacher. Ils s'arrêteraient longtemps devant le fusil à lunette. Ils avaient eu raison de se méfier, ils ne s'étaient pas trompés. Ils parleraient d'un meurtre. Leur inquiétude grandirait. Ils craindraient que je commette des actes irréparables. Ils regarderaient par les fenêtres, dans les parages de la maison, où j'aurais pu me réfugier. Ils tourneraient en rond sans rien trouver. L'endroit était dégagé, impossible de s'y cacher. Ils resteraient là perplexes. Ils ne sauraient pas que ce matin-là, j'avais battu des ailes, et qu'avec les pigeons, pour la première et dernière fois, je m'étais envolé vers le ciel bleu, où nous avions disparu, moi et eux, dans l'horizon lointain.

OUVRAGE RÉALISÉ
PAR L'ATELIER GRAPHIQUE ACTES SUD
ACHEVÉ D'IMPRIMER
SUR ROTO-PAGE
EN NOVEMBRE 2023
PAR L'IMPRIMERIE FLOCH
À MAYENNE
POUR LE COMPTE DES ÉDITIONS
ACTES SUD
LE MÉJAN
PLACE NINA-BERBEROVA
13200 ARLES

DÉPÔT LÉGAL
1re ÉDITION : JANVIER 2024
N° impr. : 103725
(Imprimé en France)